떨오기공부법으로
47살 아줌마
공인중개사
주택관리사
동시 합격하기

떨오기공부법으로 47살 아줌마
공인중개사 · 주택관리사 동시 합격하기

초판인쇄	2020년 08월 17일
초판발행	2020년 08월 21일
지은이	박성숙
발행인	조현수
펴낸곳	도서출판 더로드
마케팅	최관호
IT 마케팅	조용재
디자인 디렉터	오종국 Design CREO
ADD	경기도 고양시 일산동구 백석2동 1301-2
	넥스빌오피스텔 704호
전화	031-925-5366~7
팩스	031-925-5368
이메일	provence70@naver.com
등록번호	제2015-000135호
등록	2015년 06월 18일
ISBN	979-11-6338-099-3-03810

정가 15,000원

떨오기공부법으로
47살 아줌마

공인중개사
주택관리사
동시 합격하기

■

박성숙 저

도서출판 더 로드
The Road Books

"도전하고 싶다. 이제는 변화가 필요하다."

인생의 꿈도 없고, 비전도 없고, 목표도 없었다.

그저 습관적으로 되풀이되는 지루한 일상이 반복되었다.

습관적으로 반복되는 지루한 일상에는 가슴 떨리는 신선함도 없었고, 가슴 설레게 하는 기대도 없었다.

그냥 하루가 시작되었다가 저물었다.

그리고 밤이 지나고 나면 다시 어제와 똑같은 지루한 하루가 시작되었다.

온 세상을 숯덩이처럼 태워버릴 것 같은 위엄으로 당당하게 모습을 드러내는 찬란한 태양도 어제와 똑같았고, 따스한 햇살도 어제와 똑같았다.

시원하게 불어오는 바람도 어제와 똑같았고, 피었다 지는 꽃도 작년과 똑같았다.

은은한 달빛도 어제와 똑같았고, 매서운 바람과 지루한 장마도 작년과 똑같았다.

이웃들의 무표정한 얼굴도 어제와 똑같았고, 거리에서 느껴지는 무기력도 어제와 똑같았다.

그리고 나도 어제와 똑같았다.

나는 그렇게 서서히 내가 만든 울타리 속으로 숨고 있었다.

그러는 동안 나는 울타리 속에서 꿈을 잃어버리고 조금씩 괴물이 되어가고 있었다.

그때,

가슴 깊은 곳에서 울리는 크고, 또렷한 마음의 소리가 있었다.

"도전하고 싶다. 이제는 변화가 필요하다."

하지만 마음의 소리는 곧이어 좌절만 안겨다 주었다.

그리고 그 소리가 커지면 커질수록, 또렷해지면 또렷해질수록 좌절도 더 커져만 갔고, 또렷해져 갔다.

왜냐면 내가 할 수 있는 것이 아무것도 없었기 때문이었다.

그러니 뭘 해야 할까 고민할 필요도 없었고, 딱히 고민할 것도 없었다.

그러나

그대로 울타리 안에서 점점 더 거대한 괴물로 변해갈 수는 없었다.

괴물의 모습은 곧 열등감이라는 콤플렉스로 모습을 드러내기 시작했고, 그 콤플렉스는 제일 먼저 사랑하는 가족들을 괴롭히기 시작했기 때문이다.

사랑하는 가족들을 괴롭히기 시작한 그곳이 내게는 벼랑 끝이었다.

벼랑 아래는 맹렬하게 들끓는 용암이 번뜩이고 있는 것 같았다.

한 발 옮겨 디딜 곳도 없었다.

무릎을 꿇을 곳도 없었다.

벼랑 끝에서 넋을 잃을 것 같은 모습이 이어지고 있었다.

그리고 그때 다시,

내가 벼랑 끝이라 생각하는 그때,

가슴 깊은 곳에서 더 크고, 더 또렷하게 울리는 마음의 소리가 또 있었다.

"도전하고 싶다. 이제는 변화가 필요하다."

거울 앞에 앉았다.

거울 속에는 벼랑 끝에서 한 발자국도 움직이지 못하는 두려움이 가득한 무기력한 한 여인이 애처로운 눈빛으로 나를 바라보고 있었다.

그리고 곧이어 눈물을 흘렸다.

눈물은 소리도 없었다.

다만 회색빛 얼굴 한 곳을 지나 목덜미를 타고 흐를 뿐이었다.

그리고 그때 다시,

가슴 깊은 곳을 울리는 마음의 소리가 또 있었다.

"도전하라. 이제는 변화가 필요하다."

한참을 울고 난 후, 나는 거울 속 여인에게 말을 걸었다.

"이대로 지낼 수는 없어. 이제 너에게도 새로운 도전이 필요해."

그러나 내게는 새로운 도전을 해야겠다는 의지가 없는 것도 문제
였지만 문제는 다른 곳에도 산적해 있었다.

먼저 내게는 아무 재능이 없었다.

그러니 도대체 무엇을 목표로 도전할 것인지도 난감했다.

그래서 그날부터 곰곰이 생각에 생각을 거듭했다.

'하나님께서는 이 세상 모든 사람에게 각자 자신에게 가장 어울리

는 재능을 주셨다는데 나는 과연 어떤 재능을 가진 것일까?

그리고 또 다른 문제는 작심삼일이었다.

내게는 무슨 일이든지 시작하면 며칠 동안은 활화산처럼 타오르는 열정으로 덤비다가도 길게 끌고 가는 끈기가 없는 것이 문제였다.

나는 그런 사람이었다.

그러니 나로서는 새로운 도전을 한다는 것은 어려운 일이고, 두려운 일이었다.

그때, 내 마음속에서 소리가 들려왔다.

그것은 내 마음의 소리였다.

"내가 도와줄게."

"네? 누구세요?"

"나는 '또나선생'이야. 네 마음속에서 너를 응원하고 싶은 또 다른 너라고 생각하면 돼."

"또 다른 나?"

"그렇지. 도전하는 너를 끝까지 책임질 또 다른 너. 하지만 도전하지 않고 현실에 멈추어 있을 때는 내가 필요하지 않아. 도전만 하면 내가 너를 도와줄 거야."

"…"

"그리고 자신의 재능이 어떤 것인지 모르겠고, 무엇을 도전해야 할지 모를 때는 가장 좋은 것이 공부야. 공부는 인생을 바꾸는 거대한 힘이 있거든. 공부로 너 자신을 바꾸면 되는 거야."

"네? 공부요?"

"그래, 공부가 답이야. 세상에서 가장 쉬운 것도 공부라고 할 수 있어. 공부로 너 자신을 만들어 가면 되는 거야. 공부는 너를 만들어 내는 것으로 가장 적당할 거야."

"공부가 가장 쉽다니 믿어지지 않아요."

"그렇지 않아. 넓게 생각해봐. 너를 만들어 가는 것은 너 자신뿐인데 너 자신을 만들기에 가장 쉬운 것은 공부라고 할 수 있어. 하지만 공부가 가지고 있는 힘은 거대해. 너 자신을 완전히 다른 모습으로 변화시키기에 공부가 최고야."

"저를 모르고 하는 말씀이세요."

"그렇지 않아. 나는 네가 지금 어떤 것을 걱정하고 두려워하는지 알고 있어. 그러나 네가 지금 걱정하고, 두려워하는 것을 내가 도와줄게. 다만 너는 공부를 해보겠다는 의지만 있으면 돼. 물론 그 의지가 계속 유지될 필요는 없어. 처음에만 열정적인 의지를 가지면 돼. 그리고 할 수 있다고 믿기만 하면 돼. 이 세상은 네가 믿는 대로 끌어당길 수 있어. 그리고 너 자신을 긍정하는 허풍도 필요해. 허풍을 부정적으로 생각할 수도 있지만 자기 자신을 긍정하는 데는 허풍을 부려도 좋은 방법이야. 자신을 긍정하는 허풍은 필요하다는 것을 기억하면 돼."

"자신을 긍정하는 허풍? 믿는 대로 끌어당긴다? 말도 안 돼요."

"네가 그렇게 말해도 어쩔 수 없어. 그러나 나만 믿고 내가 가르쳐주는 대로 따라오기만 하면 절대 포기하지 않을 거야. 그리고 후회도 없을 거야."

"포기하지도 않고, 후회도 없다?"

"너도 학원에서 사람들을 가르칠 때 네가 가르치는 대로 따라 하기만 하면 합격하는 것을 수도 없이 경험했잖아. 나이가 몇 살이고, 학력 수준이 어느 정도인지는 아무 문제가 되지 않았잖아. 필요한 것은 단 하나, 오직 해보겠다는 의지와 열정뿐이었잖아."

"네, 그러기는 했어요. 나이와 학력 수준은 모두 차이가 있었지만 해보겠다는 열정만 있으면 결국 그들이 원하는 것을 모두 이루는 마지막 모습은 같았으니까요."

"바로 그거야. 너도 열정적인 의지만 있으면 돼. 그러면 네가 원하는 것이 무엇이든 얻을 수 있어. 그 핵심에는 내 과외수업이 있을 테니까. 자 이제 선택해. 새로운 도전을 할 거야, 안 할 거야?"

"과외수업요? 과외수업이라니 무슨 · · · ."

"너, 지금처럼 무기력한 매너리즘에 빠진 하루하루가 견디기 어렵지? 과외수업이 뭐냐고? 네 꿈을 이룰 수 있도록 내가 도와주는 공부법이야."

"꿈? 꿈에 도전요? 저는 지금 아무 꿈도 없고, 그렇다고 재능도 없습니다. 지금의 저로서는 무기력한 모습만 있을 뿐입니다."

"꿈이 없어? 그러니까 공부를 해. 인생을 바꾸는 가장 강력한 힘을 가진 것이 공부라고 이미 말했잖아. 무기력한 모습만 있을 뿐이라고? 그래, 그거야. 그래서 내가 필요하고, 내 과외수업이 필요한 거야."

"공부는 더 두렵고, 떨리고, 자신 없습니다."

"그래, 그 마음은 충분히 이해할 수 있어. 그러나 아무 걱정하지 마. 내가 도와주면 누구든지 인생을 바꿀 수 있어. 중요한 것은 자신의 가능성을 믿는 거야. 스스로 자신을 한계 지을 필요는 없어."

"네? 누구든지? 그리고 제 인생도 바꿀 수 있다고요?"

생각해보면 벼랑 끝에 계속 서 있을 수는 없었다.

두렵기는 새로운 도전을 하는 것이나 벼랑 끝에 서 있는 것이나 마찬가지였기 때문이다.

"그러니까 어쩌겠다는 건지 확실하게 말을 해. 내 과외수업을 받을 거야, 안 받을 거야? 어차피 선택은 너 자신이 하는 거니까. 널 대신해서 선택해줄 수 있는 사람은 이 세상에 아무도 없어."

"정말 제가 새로운 도전을 할 수 있을까요? 지금까지 작심삼일을 못 넘기고 포기한 적이 여러 번이었는데요."

"그러니까 할 거야, 안 할 거야?"

"……"

"침묵은 곧 도전하겠다는 또 다른 답인가? 그래 좋아. 대답은 침묵으로 대신한 거라 하고 그보다 먼저, 오늘부터 나를 '또나선생님'이라고 불러줘. 나는 네가 목표를 이룰 때까지 함께 할 거니까."

"목표를 이룰 때까지요? 정말이요? 그렇다면, 정말 그렇다면 부탁드립니다! 정말이지 아무 꿈도 없고, 목표도 없이 사는 것은 싫습니다. 정말 함께해 주실 건가요?"

"당연하지. 나는 언제나 너와 함께 할 거야."

그날부터 포기하지도 않고, 후회하지도 않을 '또나선생님'의 '떨오기공부법'이 시작되었다.

'또나선생님'의 '떨오기공부법'으로 매일 과외를 받은 나는 11개월 만에 어렵다고 정평이 난 공인중개사와 주택관리사 자격증 2개를 거머쥘 수 있었다.

그리고 당시의 나로서는 상상조차 할 수 없었던 내 숨은 잠재력과 끈기를 발견할 수 있었다.

가족들 사이에서는 공부의 제왕으로 등극하게 되는 영광도 누렸다.

결국, 공부로 인생을 바꾸기에 성공한 나는 행복한 나날을 보내게 되었다.

'또나선생님'의 '떨오기공부법'은 정말 대단한 힘을 가진 것이 틀림없다!

2020년 여름

저자 **박성숙**

Contents | **차례**

[제 2 장]
'떨오기공부법'을 알면 누구나 공부의 신이 될 수 있다
• 2장을 시작하면서 _ 생각은 내 몫, 행동은 네 몫이다_ 103

PART

01

'또나선생님' 의
떨오기공부법 프로젝트

"

나는 할 수 있다고 믿으면
그 믿음이 사실이 됩니다

"

첫 열정이 세상을 바꾼다

새로운 도전을 해보겠다고 마음은 먹었지만 나는 어떻게 해야 할지 여전히 망설이고 있었다. 막상 공부에 도전하려고 하니까 평소에 잘 만나지도 않았던 온갖 얼굴들이 떠올랐다. 그리고 만약에 시험에 떨어지거나, 중간에 포기해버리면 그 사람들에게 여간 창피할 일이 아니다 싶었다. 물론 그 사람들은 내가 공부를 시작하는 것에 대해서는 당연히 알지 못했다. 현재로서는 아무도 내가 새로운 도전을 한다는 것을 알고 있지도 않은데 괜히 나 혼자서 지레 앞질러 가고 있었다.

설령 내가 시험에 떨어지거나 중간에 포기한다고 하더라도 전혀 관심도 없을 그럴 사람들까지 나는 신경을 쓰고 있었다.

그만큼 내 의지는 약할 대로 약해진 상태였다. 전혀 신경 쓰지 않아야 할 것까지도 모두 고민거리로 끌어들이고 있었기 때문이다.

그리고 시험에 떨어지면 제일 먼저 가족들을 어떻게 볼 것인가가 가장 큰 부담으로 다가왔다. 괜히 폼 잡고 소란만 피우다가 포기해 버린다면 아이들에게도 면목이 없어질 것 같았다. 앞으로 아이들에게 공부하라는 잔소리를 할 자격도 없어져 버릴 거 같아서 더 주저하게 되었다. 이것으로 엄마의 고유 권한을 잃어버리는 것은 아닌지 걱정스러웠다.

내가 망설이는 가장 큰 이유는 수험서를 사고, 강의 신청도 할 텐데 중간에 그만두면 아까운 돈만 날릴 수 있다는 것이 맘에 걸렸다. 앞에서 말한 여러 이유도 내게는 여간 신경 쓰이는 것이 아니었지만 특히 돈 앞에서는 많이 망설여졌다.

그리고 내가 아무리 공부를 한다고 하더라도 내가 해야 할 일은 그대로 산적해 있었다. 살림을 비롯해서 지금 하는 강의 역시 내가 해야 할 고유 영역이었기 때문에 나를 대신해 줄 사람은 없었다.

그러니 사실 내게는 여유시간이 별로 없었다. 온종일 내가 해야 할 일만 해도 체력이 버거웠던 것이 사실이다. 그렇게 지쳐있었어도 나는 이 모든 것이 지루하게 느껴졌다. 그리고 지루한 일상을 서서히 못 견뎌했다.

생각에 생각을 거듭하면 할수록 어떤 날은 아무리 어려워도 할 수 있을 것 같은 자신감으로 당장 시작하고 싶다가도 그것 역시 잠시뿐이었다. 시간이 조금만 지나면 자신감이 도저히 없었다.

그리고 주변에서 공부한다고 야심 차게 출발은 했지만 실패한 사람들 얼굴이 한 명씩 스쳐 지나갔다. 몇 년 동안 공부하다가 포기해 버렸다는 지인의 목소리도 들리는 것 같았다. 그리고 그 목소리의 주인공이 내가 될 것 같은 불안감이 엄습해오기도 했다.

그러다가 어느 순간에는 공부를 포기해버린 사람들의 얼굴에 내 얼굴이 겹쳐서 보이기까지 했다. 생각만 해도 부끄러운 일이었다. 그리고 그런 일이 있어서도 안 될 일이었다.

이런저런 생각으로 쉽게 도전하지 못하고 시간만 흐르고 있었다. 그러는 동안 머리만 쉬지 않고 지끈거리면서 아파졌다.

'신중하게 생각하자. 그럼 신중해야지.'
스스로 다독이고 있을 때였다.

"너 언제까지 그렇게 망설이고만 있을 건데?"
'또나선생님'의 화난 목소리가 들렸다.
"아, 아니, 그러니까 그게 · · · ."
"그럼 내 과외수업은 필요 없다는 거야? 지금처럼 계속 꿈도 없고, 계획도 없이 네가 무슨 능력이 있는지도 관심 없이 그냥 살 거야? 10년이 지나고, 20년이 지나도 지금 그대로? 10년 후 네 모습을 계획할 수 있어?"

"아니에요. 이대로 10년, 20년을 살 수는 없습니다. 그렇지만 정, 정말, 제가 할 수 있을까요?"

"당연하지. 무조건 할 수 있어. 내게는 '떨오기공부법'이 있거든. '떨오기공부법'이란 '떨어지는 것이 오히려 기적인 공부법'이라는 뜻이야. 그러니까 누구든지 이 공부법으로 과외를 받으면 말 그대로 떨어지는 것이 오히려 기적이야. 당연히 너도 예외일 수 없어. 다만 내가 아무리 도와주려고 해도 스스로 결정을 못 하고 머뭇거리고만 있으면 어쩔 수 없는 일이지만. 지금까지 어려운 시험을 척척 합격한 사람들이 어떤 천재적인 공부 능력이 있어서 합격했던 것이 아니야. 그들 모두 하나같이 두렵고, 떨리고, 어렵게 느끼는 것은 다 마찬가지야. 그러나 그런 여건을 딛고 일어서서 자신의 꿈을 향해서 도전했기 때문에 좋은 결과를 얻은 것에 불과해. 그리고 그들은 그들 나름의 공부법이 존재했던 것이지. 생각해봐. 성공한 사람들이 모두 자신이 많아서 성공했을까? 아니지. 그렇지 않아. 모두 자신 없지만 도전했고, 그 과정에서 많은 좌절을 겪지만 일어서서 도전하고, 또 도전하면서 성공한 거야. 운동선수를 생각해봐. 한 번도 넘어지지 않고 훈련한 선수가 금메달을 가질 수 있을까? 아니면 많이 넘어지고 많이 좌절했던 선수가 금메달을 가질 수 있을까? 인생도 마찬가지야. 많이 넘어지고, 많이 실패하더라도 이 모든 것은 경험의 하나라고 생각하면서 툭툭 털고 일어서서 다시 도전하는 사람이 결국은 성공의 자리에 갈 수 있는 거야. 그러니까 인생을 크게 생각하면서 너 자신을 너그럽게 생각해봐. 그러면 앞이 두렵지 않아."

"그렇지만 저는 외우는 것도 자신 없고, 공부했던 경험은 너무 오래돼 지금의 저로서는 공부하는 감각이 전혀 없습니다."

"외우는 것에 자신이 없다고? 한 가지 기억할 것은 머리가 좋아서 잘 외우는 것이 아니야. 오히려 반대로 생각하면 돼. 공부하면 외우는 실력이 좋아지는 거야."

"그러나…"

"그러면 답은 간단하네. 지금처럼 날마다 똑같은 하루를 살면서 간혹 거울 보면서 울면 되겠네. 자 그러면 너에겐 내가 필요 없는 것으로 알고 나는 다른 새로운 도전을 하는 사람을 도우러 갈게."

"자, 잠깐만요. 조금만 기다려주세요. 잠시 생각할 시간을 주세요."

"그래 좋아. 잠시 생각할 시간은 줄게. 그렇지만 명확하게 결정해야 해. 너는 지금 인생을 바꿀 수 있는 길목에 서 있는 만큼 정확하고 또렷하게 결정을 해야 한다는 거야."

그러나 내 무의식은 이미 결정을 하고 있었던 것 같다. 다만 행동을 아직 못하고 있을 뿐이었다. 왜냐면 공부에 도전하는 괴로움보다 꿈도 없고, 목표도 없는 어제와 똑같은 하루가 내일도 계속되고, 10

년, 20년 동안 계속된다고 생각하니 그것이 더 괴로웠기 때문이다.

"알겠습니다. 해보겠습니다. 정말이지 꿈도 없고, 목표도 없는 생활은 이제 싫습니다. 정말, 도와주시는 것 맞습니까?"

"왜 자꾸 같은 것을 물어보는 거야! 너는 내가 가르쳐 주는 대로 정확하게 따라 하기만 하면 돼."

"네. 알겠습니다. 그러나 제 인내심이 언제까지 계속될지는 저도 모릅니다."

"그건 걱정하지 마. 처음에만 열정이 있으면 된다고 했잖아. 물론 열정에 용기도 필요하지만. 이 세상 모든 일은 첫 열정을 가지고 노력한다면 안 되는 것이 하나도 없어. 활활 타오르는 모닥불을 지피기 위해서는 첫 불씨가 필요한 것과 같은 원리야. 첫 열정이 세상을 바꾸는 것과도 같은 원리야. 벌써 잊어버린 거야?"

"아니, 잊어버린 것은 아니지만 그냥 그렇다는 겁니다."

"그럼 '떨오기공부법' 과외수업을 시작하기 전에 지금 당장 어떤 것을 공부할 건지를 정하고, 강의도 신청하고, 책도 주문하고, 문제집도 주문해. 단 첫 열정이 식기 전에 바로 행동으로 옮겨야 해. 그러니까 내일이 아니라 오늘, 지금 당장 하라는 거야."

". . . ."

"그리고 공부를 하려면 공부 구조부터 알고 시작해야 해. 지금부터 공부 구조를 알려줄게."

"공부 구조 · · ·?"

"이제부터 인생을 바꾸는 강력한 힘을 가진 공부를 하려는 사람이 공부 구조를 모르면 어떻게 되겠어? 공부 구조는 네가 생각하는 것과는 아주 많이 달라. 그리고 네가 지금까지 했던 방법하고도 많이 다를 거야. 지금부터 내 수업을 잘 듣고, 내가 시키는 대로 정확하게 따라 해야 한다는 것을 명심하도록 해."

"정확하게 따라 해야 한다고요? 아, 정말이지 자신이 하나도 없습니다."

"그래? 그럼 계속 지금처럼 살아야지 별수 없어."

"아, 아닙니다. 자신은 없지만 따라 해보겠습니다."

"좋아. 공부는 공부 구조만 알면 하나도 어렵지 않아. 그리고 절대 포기할 수도 없어. 단 네가 가장 먼저 해야 할 일은 어떤 공부를 할 건지 각오를 정하는 거야. 무엇을 도전할 것인지 아무것도 정해져 있지 않잖아. 지금 당장 정해야 해."

"그것이 · · · 그렇게 간단한 것이 아닙니다."

"그래? 그럼 할 수 없겠네. 그런 생각으로는 아무것도 도전할 수 없어. 언제까지고, 절대 도전할 수 없어. 아무리 좋은 기회가 너를 찾아온다고 해도 너는 절대 그 기회를 잡을 수 없어. 지금처럼 기회인 줄도 모를 거야."

"그렇지만···. 그 말은 너무 심합니다. 서운합니다."

"내 말이 너무 심했어도 할 수 없고, 서운했어도 할 수 없어. 지금 네 몰골이 딱 그러니까. 어떤 것을 하든 첫 열정이 중요하다고 했잖아. 첫 열정을 어떻게 유지하느냐는 내가 할 일이지만 첫 열정을 가지는 것은 오로지 네가 할 일이기 때문이야."

이러지도 저러지도 못하고 있는 나를 '또나선생님'은 안타까운 눈길로 바라보았다. 그리고 드디어 '떨오기공부법' 구조를 설명하기 시작했다.

'또나선생님' 의 '떨오기공부법'
과외수업 - 1교시
___

01 _ 합격을 거머쥐기 위한 규칙이 있다

먼저 도전하는 공부마다 합격을 거머쥐기 위해서는 몇 가지 규칙이 있다.

첫째 - 강의를 신청하고, 기본서를 주문하고, 문제집을 주문할 때 '절대 반품은 없다' 라고 다짐을 한다.

둘째 - 시험이 끝날 때까지 핵심요약집은 사지도 말고, 보지도 않아야 한다.

셋째 - 공부에 필요한 모든 것은 자신의 돈으로 준비한다.

'떨오기공부법' 은 무작정 외우는 것이 아니라 자신도 모르고 있었던 숨은 잠재력을 최대한 활용하는 것이며, 그 잠재력을 눈앞에 결과로 만들어 내는 것이다. 이것이 '떨오기공부법'의 성질이며 특징이다.

잠재력의 에너지는 그 사람이 가지고 있는 첫 열정이다. 즉 새로운 것에 대한 열정이다. 자신도 모르는 거대한 힘, 즉 잠재력은 자신이 가지고 있는 첫 열정이 발휘하는 것이라고 생각하면 된다.

이토록 중요한 첫 열정을 가능하게 하는 것이 스스로 다짐에서 시작된다. '떨오기공부법'의 구조 중 하나를 간단히 설명하면 '절대 반품은 없다' 라는 다짐을 해야 한다는 것이다. 이것은 공부를 시작하기도 전에 포기하는 것을 미리 막자는 것이다.

"나는 꼭 해낼 거야."
"나는 해낼 수 있을지 아직 잘 모르겠어."
"먼저 책부터 보고 결정할 거야."

지금 마음속 열정이 어느 것인지 생각해보아야 한다. 어떤 생각을 하고 도전하는지를 통해서 그 사람이 새로운 도전에 성공할 수 있을지의 여부를 그냥 알 수 있기 때문이다.

생각은 곧 행동을 만들어 내기 때문에 생각은 행동이 된다. 즉 사람은 생각을 통해서 평소의 행동이 결정된다. 인생은 자신이 생각하는 대로 흘러간다는 것을 우리는 잘 알고 있다.

평소에 무슨 생각을 하는가에 따라 인생이 바뀌고, 꿈이 이루어진다는 말을 들어 보았을 것이다. 이것은 곧 생각이 성공을 결정하는 중요한 밑바탕이 되기 때문이다.

그러므로 처음부터 '절대 반품은 없다' 라는 생각을 넘어서 다짐까지 해야 한다는 것이다. 생각으로도 우리가 행동할 수 있다면 생각을 넘어선 다짐은 머뭇거리지 않고 바로 행동이 되기 때문이다.

"나는 지금까지 제대로 해냈던 것이 없어."

"내가 잘할 수 있을지 모르겠어."

"자신이 하나도 없어."

"반품할 수도 있으니까 일단 책을 주문이라도 해보자."

평소에 자주 했던 이런 생각은 모두 현실이 되어 결과로 우리 앞에 나타났다. 이런 생각들은 책을 받는 순간 책의 두께에 놀라고, 문제집을 받는 순간 어려운 문제에 또 한 번 놀라게 된다. 그리고 생각했던 그대로 반품이라는 행동을 하는 것이다. 그러니까 생각부터 목표를 이루지 못한 결과를 가져오게 한다.

공부에 성공하지 못한 사람들의 유형은 네 부류가 있다. 첫 번째는 위에서 설명한 반품의 길이 열려있다는 것을 최대한 이용하는 것이다. 두 번째는 핵심요약집에 집중한다는 것이고, 세 번째는 수험서를 선물로 받는다든가 수강료를 자신이 아닌 다른 사람이 주는 것이다. 네 번째는 두꺼운 책을 그대로 보고 있다는 것이다.

공부의 성공은 첫 열정이 거의 전부라고 해도 되는데, 그 중요한 것에 대고 아차 싶으면 반품하겠다고 생각한다면 새로운 도전이 무슨 의미가 있겠는가?

우리의 잠재력과 무의식은 반품하는 것에 오히려 집중하게 되고 계속 반품만 생각하게 된다. 그 결과는 이미 경험했던 상황이 끊임없이 반복된다는 것이다.

같은 의미에서 두 번째로 중요한 것은 핵심요약집은 사지도 말고, 보지도 말아야 한다. 핵심요약집에 관심이 생긴다는 것은 두꺼운 기본서로 끙끙대느니 좀 더 쉽게 공부할 수 있을 거라는 생각이 들기 때문이다. 즉 공부하는 고생을 조금이라도 덜어보고 싶은 욕심에서 핵심요약집으로 공부를 시작한다. 이때 핵심요약집과 비슷한 것이 또 있는데 그것은 바로 요약된 프린트물이다. 핵심요약집과 프린트물 모두 공부를 더 쉽게 해보고 싶다는 욕심에서 출발한다는 것을 명심해야 한다.

하지만 쉽게 되는 공부는 없다. 처음부터 쉽게 되는 공부는 생각하지도 말고, 기대하지도 말아야 한다. 오직 소처럼 우직하게 그날 해야 할 공부를 차근차근해 나가는 것이 중요하다. 공부는 우직하게 노력한 하루하루가 쌓이고 쌓여서 결과를 가져오는 것이다.

물론 언뜻 보기에는 핵심요약집이나 프린트물이 시간도 절약이 되고 여러모로 좋아 보이기도 할 것이다.

그러나 그 결과는 시험장에서 시험지를 받아 볼 때 현실이 되어 눈앞에 펼쳐진다. 핵심요약집은 말 그대로 핵심적인 사항만 요약해서 정리한 것이다. 만약 간단한 단답형 문제에서는 핵심요약집이 도움이 될 수도 있다. 하지만 지문이 긴 장문의 문제라면 핵심만 요약한 것들은 아무 도움이 되지 않는다.

어떤 사람은 다른 사람이 정리해 놓은 책을 복사하기도 한다. 그러나 냉정하게 생각해보길 바란다. 다른 사람이 정리한 책은 말 그대로 다른 사람이 했던 공부다. 다른 사람이 했던 공부는 절대 내 것이 될 수 없다. 다른 사람 것은 다른 사람 것으로 남겨두고, 내가 할 일은 오늘 당장 내 공부를 하는 것이다. 내 공부가 완성된 책을 만드는 것이다.

어떻게 다른 사람이 정리한 것이 내 것이 될 수 있다고 생각하는가? 그런 일은 없다. 오직 내 공부는 내가 만든 책에서 출발한다. 다른 사람 기본서나 문제집을 기웃거릴 필요가 없다.

그러니 다른 사람이 정리해 놓은 책을 복사한다는 것은 그만큼 쉽게 공부할 수 있을 거라는 기대에서 출발하겠지만 공부는 내 것이 내 공부를 완성해 주는 것을 기억해야 한다. '떨오기공부법'은 핵심요약집이 요약이 잘 되어있는지, 아닌지를 전혀 판단하지 않고 당연히 해석도 하지 않는다. 그런 것은 전혀 무의미한 것에 불과하다.

오직 잘 구성된 기본서와 문제집만 필요하며 그것을 최대한 활용하여 그 결과를 현실로 나타낼 뿐이다.

만약 스스로 핵심요약집에 집중한 결과를 후회한다고 해도 '떨오기공부법'의 입장에서는 '네가 쉽게 공부하려고 했던 욕심이 만든 결과잖아.' 라고 대답할 것이다.

이때 세 번째로 중요한 것은 반드시 자신의 돈으로 공부에 필요한 모든 것을 준비해야 한다는 것이다. 다른 사람이 책을 사주거나 강의를 신청해 주면 절대 안 된다. 공부에 필요한 모든 것은 반드시 자신의 돈으로 준비해야 한다는 것을 명심해야 한다. 그래야 포기하고 싶을 때마다 돈이 아까워서라도 포기하지 못한다.

강의 신청 역시 마찬가지다. 공짜로 볼 수 있는 강의는 안 된다. 공짜로 볼 수 있는 강의는 위에서 말한 대로 자신의 돈으로 수강하는 것이 아니기 때문에 자연히 흐지부지되기 쉽다.

어렵게 자신의 꿈을 가지게 되었고, 그 꿈을 위해서 도전이라는 카드를 내밀었다. 그런데 이렇게 흐지부지 끝나버리면 다음에 도전할 기회가 왔을 때 자신감을 떨어뜨리는 결과를 가져오게 된다.

공짜 강의로 시험에 합격하기란 여간 힘든 일이 아니다. 반드시 자신의 돈이어야 한다. 자신의 돈이 아닌 다른 사람이 책을 사준다거나, 강의 신청을 해 주면 아까울 돈이 없으니까 그만큼 포기도 쉽게 한다.

'떨오기공부법'은 자신의 목표가 이루어지기를 바란다면 '모든 준비에는 자신의 돈이 들어가야 한다는 것'이다. 자신이 결정한 명확한 목표를 처음부터 분명하게 자신이 인식하고, 표현하는 것이 결국 공부에 필요한 모든 것의 준비가 된다. 분명한 것은 목표가 이루어진 상태를 자신의 마음속 깊은 곳까지 각인시키듯 준비하는 과정부터 명확하게 시작해야 한다.

이것은 힘든 일을 해서 받은 돈과 주운 돈만큼이나 차이가 있다. 자신의 땀과 노력과 희생이 녹아있는 돈은 스스로에게 귀한 돈이 되지만, 주운 돈은 아까울 것도 없다.

'떨오기공부법'도 마찬가지다. 끝까지 목표를 향해 집중하고 싶으면 귀하게 느껴지며 쓸 때마다 아깝게 느껴지는 자신의 돈으로 준비해야 한다. 이제 잘못된 것들은 처음부터 버리기로 하자. 이것은 시작하기도 전에 처음부터 포기하는 상황을 막아야 한다는 원칙 중의 하나다.

02 _ 관심이 생겼다면 도전할 수 있다

"내가 말한 것들은 이해가 되지? 뭐 특별히 어려운 것은 없잖아. 하지만 어려운 것도 없는 이런 규칙들이 공부를 시작하는 사람에게는 굉장히 중요한 규칙이야."

"네. 그렇지만 일단 책을 한 번 봐야 공부를 할 수 있을지 선택이 될 것 같은데요."

"그게 아니라고 했잖아. 너는 이미 공부를 하겠다고 선택을 했으니까 그것이 네 꿈이 된 거야. 꿈은 꿈으로도 충분해. 책하고는 아무 연관이 없어. 책을 보고 나서 그 책을 가지고 네 꿈을 재단하겠다는 거야? 네 꿈이 그렇게 가벼운 거였어? 네가 정말로 인생이 바뀌기를 꿈꾸고 있는 거 맞아? 그러니 책을 받아 보고 결정을 하겠다는 것은 안 될 일이지."

"… 그렇다면 핵심요약집이라도 도움을 받는 것이 좋지 않을까요?"

"그렇다면 그 결과는 내가 장담할 수 없어. 그 결과는 오로지 너 책임이야. 핵심요약집 공부는 '떨오기공부법' 하고도 맞지 않아. 공부에서 핵심이라는 것은 없어. 핵심이 따로 있는 것이 아니라 기본서의 모든 내용이 핵심이 된다고 생각하면 돼. 기본서의 모든 내용이 핵심이 되기 때문에 내용 모두가 시험에 출제될 수 있는 유력한 지문들이라고 할 수 있어. 그런데 그런 것들을 모두 무시하고 핵심되는 것들만 고른다는 것은 처음부터 안 되는 일이야."

"네. 이제는 조금 알 것 같습니다."

"좋았어! 중요한 것을 이제야 깨닫는군. 그럼 이제 본격적으로 시작하는 거야."

"이번에는 반드시 공부에 성공해서 행복해질 겁니다."

"좋아. 그럼 내가 가르쳐준 대로 지금 당장 시작해."

"아, 네!"

이렇게 해서 '또나선생님'의 '떨오기공부법'에 대한 첫 과외수업을 받게 되었지만 없었던 자신감이 갑자기 생겨날 수는 없었다. 그렇다고 갑자기 머리가 좋아질 수도 없었다. 여전히 머릿속이 복잡한 생각들로 채워진 상태였다. 나이가 들어가고 있다는 것은 그만큼 생각도 많아지는 것 같았다.

그러나 '지금 당장 시작해'라는 '또나선생님'의 말을 따를 수밖에 없었다. 제일 급한 것은 어떤 것을 공부할 것인가를 선택하는 것이었다. 인터넷을 뒤지고, 서점을 찾아갔다. 이런저런 책을 뒤져도 보고, 이미 공부에 성공한 사람들의 이야기도 읽어보고, 도전했다가 포기했다는 사연들도 들여다보았다. 그러면서 나름대로 시험의 난이도를 가늠해보고 있었다.

그러는 동안 또 시간이 흘러가고 있었다. 이상한 것은 시간이 흐를수록 자신감은 점점 더 없어져 갔다. 처음에는 마음속에서 열정이 일어났다. 그리고 도전할 수 있다는 용기가 생기면서 도전하는 것이 만만하게 보였다.

그러나 잘해야겠다는 욕심이 생기면 용기는 물거품처럼 사라졌다. 잘해야겠다는 욕심이 생길수록 모든 것이 거대한 산처럼 느껴졌다. 그러면 자신감은 완전히 떨어지고 심지어 한 발자국도 움직일 수 없을 것 같았다.

시간의 흐름과 자신감이 없어지는 것은 서로 비례관계로 맞물려 있었다. 시간이 흐를수록 그만큼 자신감이 없어지기 때문에 결국은 포기하기가 쉬워진다는 것을 알게 되었다. 그렇다면 포기라는 것도 시간의 흐름과 맞물려 비례관계에 있는 것은 아닌가 싶다.

주변을 돌아보면 어렵게 꿈이라는 것을 품게 되더라도 선뜻 도전하지 못하거나, 도전하기까지 준비하는 시간이 길어지면 길어질수록 결국 포기하는 경우를 종종 보았다.

그렇다면 꿈을 품었으면 시간을 끌 일이 아니었다. 준비하는 시간 역시 길어지면 안 될 일이었다. 꿈을 품게 되면 마음속에 품게 된 그 꿈을 움켜잡고 지금 당장 행동하는 것이 중요했다. 당장 자신의 돈을 투자하고, 배워야 할 것이 있다면 수강 신청도 바로 하는 것이 꿈에 다가가는 지름길이었다.

도전을 결정했다면 앞에 놓인 돌다리를 하나하나 두들겨 보고 차근차근 걸어가기에는 힘도 많이 들고, 시간도 너무 많이 드는 게 사실이다. 그러니 오랫동안 고민하지 말고 일단 시작하는 것이 성공으로 가는 방법일 것이다. 일단 시작하고 부족하다 느껴지는 것들은 보충하면서 뛰어가도 충분하다는 생각이 들었다.

　인터넷과 서점을 수시로 들락거리면서 수험정보를 모아본 결과 공부하고 싶은 것이 있었다. 그러나 문제는 또 있었다. 공부하고 싶은 자격증이 두 개나 된다는 것이었다. 두 자격증 모두 어렵다고 정평이 난 것들이었는데 그중에 하나만 고르기가 여간 힘든 일이 아니었다.

　하나를 고르고 나면 다른 하나가 아쉽게 느껴지고, 그렇다고 또 다른 것을 고르면 여전히 남는 것이 아쉬웠다. 고민이 됐다. 공부에 자신은 없었지만, 그렇다고 둘 중 하나만 선택하는 것 역시 어려운 일이었다.

　그러다가 언뜻언뜻 '둘 다 도전해볼까? 라는 무모한 생각이 들기도 했다. 그러나 다시 정신을 가다듬고 냉정하게 생각해보면 현실이 눈에 들어왔다. 역시 현실적으로 그것은 무모한 생각에 지나지 않았다. 자격증 하나에 도전하는 것도 될지 안 될지 장담할 수 없는데 두 개 자격증에 도전한다는 것은 현실적으로 어려운 일이었다.

　그러나 하나만 도전하려고 결정을 내리면 이상하게 다른 하나가 아쉬움으로 남았다. 그리고 그 여운은 오래갔다. 그렇다고 두 개 자격증에 동시에 도전한다는 것은 너무 무모한 도전이었다. 당시의 나로서는 현실을 직시할 필요가 있었다.

이런저런 생각 때문에 고민하는 내게 '또나선생님'이 나타났다.

"뭐야! 대단한데. 자신 없다고 징징거리더니 재미있는데. 두 자격증이 모두 욕심난다 이거지? 대단한 욕심이네? 이거, 내가 더 믿기지 않는데."

"놀리지 마십시오. 지금 저로서는 심각합니다. 그만하고 조용히 좀 계십시오. 정신없습니다."

내가 둘 중 하나를 선택하기 위하여 심각하게 고민하는 동안 '또나선생님'은 계속 말을 걸어왔다.

"그래, 좋아. 바로 그거야. 어떻게 보면 무모한 도전이 자신의 숨은 잠재력을 확인하는 가장 좋은 방법이기는 해. 관심이 생겼다는 것은 도전할 수 있다는 거야."

"무모한 도전이요?…"

"두 개 자격증 도전이라! 그것도 일 년 안에!"

'또나선생님'은 웃음을 터뜨렸다. 하기야 지금 내 상황으로는 일 년 만에 두 개 자격증 시험에 합격하기란 말 그대로 뜬구름 잡는 격이었다. 하지만 시간이 지날수록 아쉬운 생각이 들었다.

"시간이 많은 사람은 좋겠습니다. 어쨌든지 공부할 시간은 충분하니까요. 지금은 지루할지 몰라도 마지막에는 어떤 것을 도전하든지 성공할 것 아닙니까. 공부도 시간과 싸움이니까요."

"그렇기는 하지. 그러나 시간이 많다고 해서 모두 새로운 꿈에 도전하는 것은 아니야. 오히려 그 반대야."

"네? 그래도 시간이 많은 사람은 좋겠다는 생각에는 변함이 없습니다. 나도 그랬으면 얼마나 좋을까 싶습니다."

"어떻게 보면 꿈을 품고 도전하고 있는 사람이 더 큰 꿈을 품는 거야. 그러니까 시간을 아끼고 나누어 쓰는 사람이 더 시간을 귀하게 여기는 것과 같아. 그리고 더 큰 도전을 하게 되는 거야. 인생을 바꾸기 위한 도전에는 시간이 많이 있느냐, 없느냐는 아무 문제가 되지 않는 거야."

"… ?"

"믿어지지 않는다면 네가 이번에 증명해내면 되겠네. 네 마음속에 도대체 무슨 생각을 하고 있지?"

"그거야 뭐…. 두 개 자격증에 도전하는 것은 어렵다는 생각이지요.”

“그래. 그게 바로 네가 가진 장점이야.” “장점?”

“그게 바로 네가 두 개 자격증에 도전하는 기회가 되는 거야. 이미 네 속에서는 열정이 생겨난 거야. 그 열정이 두 개 자격증에 관심을 가지게 한 거야. 앞에서도 말했지만 관심이 생겼다는 것은 도전할 수 있다는 증거이기도 해. 다만 오늘부터 그것을 목표로 잡고 그 목표를 향해 달리면 되는 거야. 그렇게 한다면 너는 일 년에 두 개 자격증을 가지는 주인공이 될 거야. 그 주인공이 네가 될 수 있다고 생각하면 어때? 가슴이 뛰지 않아?”

“네? 제가 주인공이 된다고요? 글쎄요…제 현실은 그렇지가 못합니다.”

“뭐가 그렇지 못하다는 건데?”

“시간도 시간이지만 제 인내심은 지금까지의 경험으로도 만족할 만큼 지속되지도 않았고, 공부도 자신 없습니다.”

“그렇다면 네 마음속에서 일어나는 생각은 뭔데? 조금이라도 희망이 있으니까 네 무의식이 말하는 거잖아.”

“하, 하지만 현실은 마음속의 생각하고는 전혀 다릅니다.”

“아니야. 마음속에 생각이 들었다는 것은 네게 능력이 있다는 증거이기도 해. 중요한 것은 현실이 아니라 네 마음이야. 뭐든지 자신이 할 수 있는 것이 생각나게 돼 있어. 다시 말해서 마음속에 생각이 찾아왔다는 것은 네가 할 수 있다는 거야. 사람은 자신의 능력 안에서 생각하게 돼 있거든. 바로 지금이 너에게는 공부하기 가장 좋은 시기고, 두 개 자격증을 동시에 얻을 수 있는 절호의 기회이기 때문에 생각이 난 거야. 그러니까 너무 늦은 것은 아닌지 의심할 필요도 없고, 할 수 있을 것인지 의심할 필요도 없어."

"…"

"넌 할 수 있어. 반드시 해낼 거야. 도전하기까지가 힘들지, 일단 도전하고 나면 훨씬 쉬울 거야. 지금 네 마음이 말해주고 있잖아."

"도전하기까지가 힘들다…. 도전하고 나면 훨씬 쉽다…."

하기야 이왕 하는 공부고, 이왕 하는 고생이라면 두 개 자격증 시험에 동시에 도전해보는 것도 나쁘지 않겠다는 생각이 들었다. 어쩌면 '또나선생님'의 말처럼 내 숨은 잠재력을 알아보기에도 절호의 기회로 여겨졌다.

이렇게 해서 내가 도전해야 하는 자격증을 선택했고, 그것은 내 능력으로는 일 년에 두 개 자격증 시험에 합격하기 어려운 것들로 선택되었다.

‘또나선생님’ 의 ‘떨오기공부법’
과외수업 – 2교시
———

01 _ 생각하는 것을 그대로 이루는 공부법이 있다

1교시에 도전하는 공부마다 합격을 거머쥐기 위한 규칙으로 세 가
지를 이야기했다. 이번에도 생각하는 것을 그대로 이루기 위해서는
세 가지 규칙이 더 있다.

첫째 – 수험서는 가장 권위 있는 것을 신중하게 선택해야 한다.
둘째 – 두꺼운 책은 3권으로 나누어야 한다.
셋째 – 책상 달력을 최대한 활용해야 한다.

‘떨오기공부법’ 은 시간을 적게 투자하고도 성과를 내는 공부법이
다. 황금 같은 시간을 나누고, 나누어서 공부에 투자하는 만큼 내가
합격하고 싶다는 생각을 그대로 이루어지게 만들어 줄 뿐이다.

정말로 내 인생을 바꾸고 싶다면, 수험서는 가장 권위 있는 출판사 것으로 신중하게 선택해야 한다. 이것이 첫 시작이 되지만 결국 공부하는 모든 과정과 끝이라고 할 수 있다. 왜냐하면 '떨오기공부법'은 기본서와 문제집 외에는 아무것도 필요하지 않기 때문이다. 오직 기본서에 충실한 공부법이라고 할 수 있다. 곧 모든 핵심에 기본서가 있는 것이다.

인터넷을 검색해도 되고, 서점에 가서 물어봐도 된다. 서점에 가서 가장 권위 있는 출판사의 수험서를 조사한 뒤 그 이름난 출판사의 것으로 결정하면 된다. 어차피 핵심요약집이나 프린트물 없이 오로지 기본서와 문제집만 가지고 공부해야 한다면 기본서와 문제집이 가지는 무게와 중요성이라는 것은 엄청난 것이다. 기본서와 문제집은 공부 시작부터 마지막까지 함께 해야 할 중요한 것이다.

'떨오기공부법'으로 도전한 이상 시험에 합격하는 것은 이미 정해져 있다고 해도 무리가 아니다. 이미 정해져 있는 결과를 향하여 도전하는 것이니까 합격했다는 마음을 가지면 반드시 합격할 수 있다. 공부는 자신의 마음속의 세계를 실제로 즐기는 것에 불과하다. 물론 공부를 하다 보면 곤란한 상황이나 좌절할 수밖에 없는 상황을 만나기도 한다. 그러나 곤란한 상황을 맞서서 이기기도 하고, 좌절할 수밖에 없는 상황을 뛰어넘기도 하면서 공부하는 과정을 마음껏 즐기면 되는 것이다.

사실 일 년이라는 시간만 지나고 나면 시험은 반드시 끝나게 되어 있다. 그래서 '떨오기공부법'이 만들어진 것이다. 첫 열정만 있으면 포기할 수 없게 만드는 공부법, 그것이 '떨오기공부법'이다. 그러니 도전을 하더라도 일 년이다.

일 년이 흐른 뒤에는 꿋꿋하게 힘써 싸운 자신이 대견할 것이다. '떨오기공부법'으로 공부를 했는데도 시험에 떨어졌다는 것은 말 그대로 기적을 일으킨 것이다.

지금 공부를 시작하는 모든 사람은 자신의 공부법을 가지고는 있지만 거의 모두가 떨어질 수밖에 없는 공부법을 가지고 날마다 씨름한다. 그러다 보면 일 년이 아니라 이 년, 삼 년 수험 기간이 길어질 수밖에 없다. 수험 기간이 길어진다는 건 그만큼 인내를 요구하고, 그만큼 포기해야 하는 것들이 많아진다는 것이다. 그러므로 수험 기간은 짧으면 짧을수록 좋다.

우선 자신이 원하는 시험이 언제 있는지 정확한 날짜를 확인하자. 그리고 수험 기간을 시험이 있는, 그날까지만 정해야 한다. '연습 삼아 시험에 응시해 보겠다'라는 생각을 해서는 안 된다. 시험을 연습으로 보는 것은 있을 수 없다.

시험장에는 시험을 치르려고 가는 곳이지 연습하고, 공부하러 가는 곳이 아니다. 어떤 사람들은 시험장에 공부하러 가는 이들도 있다. 공부하고 연습하려고 했다면 그것은 시험장이 아니라 지금까지 공부했던 자신의 책상에서 할 일이다. 시험장에서 할 일은 아니다. 즉 시험을 보기 위해서 가는 곳이 시험장이다.

연습 삼아 보는 시험은 여러 가지 문제점을 가지고 있다. 먼저 가장 큰 문제점이 자신감만 떨어뜨리는 결과를 가져온다는 것이다.

생각해보라. 시험은 공부를 모두 마치고 완벽하게 준비가 된 후 마지막에 통과해야 할 관문이다. 이런 시험을 공부도 하지 않은 채 태산처럼 보이는 시험이라는 산을 마주하고 앉은 시험장에서의 기분은 최악이 된다.

그러니 모든 문제가 어렵다는 생각이 들기에 충분하다. 시험에 대비해서 공부한 것이 아무것도 없는데, 문제가 쉽게 느껴진다는 것이 오히려 이상한 일이다.

그러니 시험장을 빠져나올 때 기분이란 참담함을 넘어 자신감이 다 빠져버린 빈 껍데기만 끌어안고 시험장을 빠져나오게 된다. 마치 바람이 모두 빠져버린 풍선 모양을 하고 있을 수밖에 없다.

간혹 어쩌다 합격할 수도 있을 거라는 생각으로 공부도 하지 않은 채 시험에 응시하는 사람도 있다. 그러나 공부에 있어서 어쩌다 합격하는 것은 없다. 혹시 싶은 마음이 있을 수도 있겠지만 혹시나 하는 것은 공부에서는 없다.

공부는 정직하다. 자신을 얼마나 소중하게 여기고 얼마나 오랫동안 함께 있었느냐에 따라서 결과를 만드는 것이 공부다. 그토록 정직한 공부를 무시하고 아무 노력 없이 어쩌다 합격을 얻으려는 생각과 혹시나 하는 생각부터가 큰 착각이다.

그러므로 자신이 원하는 시험이 언제 있는지 정확한 날짜를 확인해서 그때까지만 수험 기간으로 잡는 것이 중요하다.

수험 기간을 되도록 짧게 잡고 자신이 원하는 목표를 반드시 이루어 낼 것인지, 아니면 한도 끝도 없이 길어지게 수험 기간을 잡을 것인지는 자신의 각오에 달려있다. 하지만 '떨오기공부법'은 길어지는 수험 기간이 아니라 최대한 효과를 발휘하는 짧은 시간의 수험 기간이 필요할 뿐이다.

이제 시험이 언제 있는지 정확한 날짜를 확인했다면 자신의 목표를 향하여 그 역할을 충실하게 도전하면 된다. 걱정할 필요는 전혀 없다. 도중에 아무리 힘든 상황이 전개된다고 하더라도 '떨오기공부법'으로 결과는 정해져 있으니까 자신의 목표를 이루는 것은 안전하다. 지금부터 할 일은 오로지 공부를 즐기면 된다.

단, '나는 아무래도 떨어질 것 같아.' 라는 말을 하는 사람은 말대로 되는 결과를 얻게 된다. 이것은 너무나 비극적인 결말이다. 이런 말은 자신이 공부하는 데 방해가 되는 상황들을 계속 생겨나게 하는 엄청난 힘이 있다. 그러니 이런 말을 해서는 자신이 원하는 목표를 이루기 어렵다.

이 말은 목표를 향해 계속 도전하는 힘을 만들 것인가 아니면 이쯤에서 포기할 것인가를 만드는 결정적인 힘을 가지고 있다. 즉 첫 열정을 그대로 끌고 갈 것인가 아니면 첫 열정을 생각도 나지 않게 만들 것인가를 결정하는 힘을 가지고 있다는 뜻이다.

'떨오기공부법'으로 공부를 시작한 이상 결과는 이미 정해져 있다. 그런데 왜 아무 도움도 되지 않는 '나는 아무래도 떨어질 것 같아.'라는 말로 굳이 시험에 떨어지는 결말을 만들려고 할까. 왜 말로 자신의 미래를 비극으로 만들려고 할까. 생각이 곧 말이 된다고 했다. 그러니 항상 의식적으로 생각을 선택하고, 말을 선택해야 한다. 기억하라. 말과 생각을 조심 또 조심해야 한다.

무엇이든 알면 두렵고, 알면 무섭다. 차라리 아무것도 모를 때에는 두려울 것도 없고, 무서울 것도 없다.

자동차 사고에 대해서 알면 속도를 낼 때마다 두렵고, 무섭다. 그러나 자동차 사고에 대해서 아무것도 모른다면 사고가 가져오는 심각한 상황들에 대해 무서울 것도, 두려울 것도 없다.

화재가 가져오는 거대한 비극을 알면 화재가 두렵고, 무섭다. 자연재해가 가져오는 피해가 얼마나 큰지를 알면 자연재해가 두렵고, 무서운 것이다.

말이 가져오는 결과가 얼마나 큰지를 알면 말하는 것이 두렵고, 무서울 것이다. 말이 가지고 있는 힘을 경험한 사람들은 말을 조심한다. 왜냐면 말이 가지는 힘을 두려워하고, 무서워하기 때문이다. 말이 가지는 가장 큰 힘은 말 한대로 이루어진다는 것이다. 그러니 아무짝에도 쓸모없는 말, 내게 아무 도움도 되지 않는 말을 해서는 안 된다.

말은 씨가 되기 때문이다. 누구든지 자신이 했던 말의 열매로 어제를 살았고, 오늘을 살고, 내일을 살 것이다. 반드시 기억하자. 말은 어제를 만들었고, 오늘을 만들고 있으며 내일을 만들 것이다.

물론 수험기간을 최대한 늘려서 그 기간을 즐기고 싶은 사람도 있을 수 있다. 그러나 사람들 대부분은 수험시간을 줄일 수 있다면 줄이는 방법을 원할 것이다. '떨오기공부법'은 가능한 한 짧게 공부하고, 결과를 즐기는 것은 최대한 늘리는 공부법이다.

다음으로 두꺼운 기본서는 그대로 보는 것이 아니다. 두꺼운 책을 그대로 공부한다는 것은 그만큼 공부에 대한 부담감을 가지게 할 뿐 아니라 자투리 시간을 이용해서 공부해야 할 때 불편할 뿐이다. 그러므로 180페이지에서 200페이지 정도로 책을 나누어야 한다.

이미 나누어진 것이 있다면 그것을 준비하면 된다. 하지만 나누어지지 않은 기본서는 책을 여는 순간 이 두꺼운 책을 언제 공부하나 싶어 골치가 지끈지끈 아프다.

지끈지끈 아픈 머리를 붙잡고 공부를 해봤자 그 공부는 100쪽을 넘기지 못하고 제자리걸음만 하게 된다. 두꺼운 책이 바윗덩어리처럼 무겁게 느껴지기 때문이다. 지끈거리는 머리는 새로운 내용을 받아들이려고 하지 않는다. 억지로 공부해야겠다는 마음으로 책상 앞에 붙어 있어 봐야 시간 낭비가 되기 쉽다. 온갖 잡다한 생각만 머릿속을 채우고 잡다한 생각은 에너지만 빨아먹는 흡혈귀가 된다. 그러니 몸은 물에 젖은 솜처럼 더 무겁게 느껴진다.

그러므로 700쪽 가까이 되는 책은 잘게 쪼개서 공부하는 것이 효율적이다.

이스라엘 헤브루 대학의 심리학자 브레즈니츠 교수는 말한다.

"아무리 힘든 목표라도 작게 쪼개서 생각하면 쉬워진다."

이 원리는 무슨 일을 하든 똑같이 적용된다. 공부할 때도, 책을 쓸 때도, 운동할 때도 적용된다.

마라톤 선수들도 42.195킬로를 한 번에 뛰어야 한다고 생각하면 힘이 빠진다. 대신에 42.195킬로를 여러 구간으로 쪼개놓고 구간별로 목표 시간을 정해놓는다. '이번 5킬로는 15분 안에 달려야겠다.' 그리고 5킬로 구간만 생각하면서 달린다. 그러면 몸도 가볍게 느껴진다고 한다.

이렇게 잘게 쪼개서 바라보면 몸과 마음이 가볍고 잡다한 생각도 비집고 들어서지 못한다.

누워있을 때도 들고 볼 수 있어야 하고 어디를 가더라도 가방 속에 넣고 다닐 수 있을 두께가 돼야 한다. 두께 때문에 공부를 시작도 안 했는데 걱정이 먼저 찾아오거나 부담감만 커지면 안 된다. 걱정과 부담은 아무리 공부해야겠다는 첫 열정이 강하게 있었다고 해도 그 열정이 오래 유지되지 않게 하는 대표적인 방해꾼들이기 때문이다.

그리고 책상 달력을 준비해야 한다. 그날그날 공부한 것을 기록도 해야 하고 계획을 세울 때도 아주 유용하게 쓰인다.

계획을 세울 때 노트에 기록하면 그 노트를 일부러 열어 보지 않는 이상 눈에 보이지 않기 때문에 하루의 긴장이 약해질 수 있다.

그러나 책상 달력은 항상 책상 위에 놓여있으면서 공부할 양을 말해주기 때문에 항상 긴장할 수 있도록 도움을 준다. 일 년 동안 책상 달력이 계획표가 될 것이다. 책상 달력에는 일 년 수험 계획과 월 단위 계획, 주 단위 계획, 하루 계획을 적게 된다. 그 계획표를 적은 하루하루가 공부한 흔적이 될 것이다. 일 년 후, 그 책상 달력을 보면 어떻게 공부했는지 흔적이 그대로 남아 있다.

첫 열정을 유지하는데도 책상 달력은 굉장히 도움을 많이 주지만 중요한 공식이나 외우기 힘든 내용을 기록해놓고 오면서 가면서 읽기에도 도움을 많이 준다. 책상 달력은 수험서만큼이나 중요한 준비물이라고 할 수 있다.

책상 달력도 촘촘히 빈 여백이 없는 것을 선택하지 말고 여백이 넉넉히 있는 것으로 준비해야 한다. 그래야 그날그날 공부할 계획을 세우고 그 빈 여백에 공부하면서 어려웠던 공식이나 외워지지 않았던 것들을 기록할 수 있기 때문이다. 그야말로 책상 달력은 수험 기간 내내 최대한 활용해야 하는 것 중의 하나다.

02 _ 반드시 찾아야 할 자리는 찾아야 한다

'수험서라고는 기본서만 필요하고, 두꺼운 책은 나누라….'

나는 인터넷을 열어 놓고 한숨을 섞어 가면서 중얼거리고 있었다. '또나선생님'의 과외수업을 받은 후, 기본서와 문제집을 주문해야 했기 때문이다.

'또나선생님' 말처럼 '떨오기공부법'을 이용해서 어렵다고 정평이 난 두 개의 자격증 시험에 꼭 합격하고 싶었다. 그것도 일 년 안에 합격하고 싶었다. 그렇게 된다면 나는 앞으로 어떤 어려운 도전 앞에서도 주저하지 않을 자신감을 가질 수 있을 거라는 생각도 들었다.

'내가 일 년에 두 개의 자격증 시험에 합격한 인생의 주인공이라면…. 현실적인 상황은 공부하기에 전혀 도움이 되지 않지만…. 그러나 도전만 한다면, 그리고 만약 합격하게 된다면 나는 분명 달라진 인생을 살 수 있을 거야.'

물론 이런 희망은 비단 나뿐만이 아니라 누구나 희망할 수 있다. 하지만 누구나 쉽게 도전하지 못한다는 것이 문제다. 어디까지나 현재 자신이 할 수 있는 것에 도전할 뿐 무모한 도전장을 꺼내 들지는 못한다.

그러나 나는 도전장을 집어 든 것이다. 어떻게 보면 이것부터가 다른 사람과의 차이인 줄도 모를 일이다. 하나를 선택하려고 하면 나머지 하나가 아쉽고, 또 나머지 하나를 선택하고, 이미 선택한 것을 버리려고 하면 또 그 나름대로 아쉬웠기 때문에 어떻게 보면 내 만족을 위한 선택을 한 것이다.

'지금까지 현실을 핑계 삼아 나를 너무 현실에 묶어버렸어. 그리고 간혹 꿈이라는 이름으로 찾아오는 것도 도전해보려고 하지 않았어. 나는 그렇게 현실을 보면서 안심하고 있었는지도 몰라. 그런데 안심하고 있었던 그 틈 사이로 꿈을 몰아내고, 열등감이 찾아온 거야. 이제 정신을 차려보니 나는 인생의 절벽에 서 있는 것 같아. 이제 절벽에서 한 걸음만 더 나아가면 추락인가?'

나는 지금까지 혼자만의 세상을 만들어놓고 그 속에서 허우적대고 있었다. 그 사실은 이전에도 깨달았지만 그렇다고 달리 벗어날 방법이 없었다. 그런데 이제 꿈이라는 이름으로 다시 내게 찾아온 것이다.

이제 꿈이 열등감을 몰아낼 차례였다. 열등감을 이기기 위해서는 공부가 필요했다. 이번만큼은 열등감에 꿈이 있어야 할 자리를 내놓을 수는 없었다. 반드시 찾아야 할 자리는 찾아야 했다.

물론 내 머리가 어느 정도의 지능이 있는지 확실하지는 않았다. 그러나 '또나선생님' 말처럼 머리가 좋아서 공부를 잘할 수도 있겠지만, 공부를 계속해서 머리가 좋아질 수도 있었다. 그리고 근거 없는 확신이 들었다.

'지능이 어느 정도인지는 문제가 되지 않는다. 지금 필요한 것은 꿈이고 나는 내 꿈에 한 번 미쳐보는 것이다. 그러면 반드시 내가 원하는 곳에 미치게 될 것이다.'

나를 돌아보면 하루를 살아 내고 미처 씻기지 않은 미련의 찌꺼기들과 날마다 반복되는 지루한 일상이 나를 괴롭혔다. 이제는 정리되지 못하고 내 안에 차곡차곡 쌓여서 독이 된 지금을 이겨내야 했다.

그러나 내 마음은 또 휘청거릴 것이다. 내 마음은 항상 휘청거렸기 때문이다. 그러니 이제부터 휘청거리는 내 마음을 단단히 붙잡는 것도 내가 해야 할 일이었다.

나는 분명 어제와 다른 오늘을 살기로 마음먹었고, 결심했다. 어제와 다른 오늘을 살아야겠다고 결심한 이상 스스로가 가능성을 한계 지을 필요가 없었다.

그리고 지금까지 공부가 아닌 소소한 것에 도전했다가 실패한 경험들 역시 기억할 필요가 없다고 다짐했다. 실패한 경험은 잊으려고 했다. 하지만 잊었다고 생각했을 때, 순간순간 기억의 저편에서 안개가 피어오르듯 떠올라 내가 도전하는 것을 가로막았다.

그렇다고 여기서 포기할 수는 없다. 이제 만약 잊어버렸다고 생각한 기억이 다시 살아나서 나를 가로막는다고 하더라도 포기하지 않아야 하는 것도 내가 할 일이었다.

그리고 다른 사람도 신경 쓸 필요가 없었다. 내가 지금 집중해야 하는 것은 내 삶이고, 내 인생이었다. 이제 내가 내 삶의 주인으로 다시 태어나는 것이 중요했다.

'앞으로 내 인생의 모든 것은 내가 어떻게 하느냐에 따라 달라질 거야. 생각해보면 나를 가두어 버릴 울타리를 만든 사람도 나였어. 그리고 그 울타리에 숨은 사람도 나였어. 거기서 스스로 괴물이 된 것도 내가 만든 결과물이었어. 이제는 지금 내가 느끼는 열등감과 두려움을 내 원동력으로 삼을 거야. 내 세계를 그릴 수 있는 사람은 바로 나, 스스로 내 세계를 그릴 수밖에 없어.'

현재 상황을 만든 사람도 바로 나였던 것처럼 앞으로의 상황을 만들 수 있는 사람도 바로 나 자신이었다. 현재 상황은 다른 누구의 탓도 아니었다. 남편이 만든 것도 아니고, 그렇다고 아이들을 키우기에 바빴다는 것도 결국은 핑계의 하나일 뿐이었다. 그러니 아이들이 현재 상황을 만든 것은 더욱 아니었다. 내가 만들어 낸 결과가 현실이라는 이름으로 나를 찾아온 것에 불과했다.

'그렇다면 현실을 어떻게 만들어 가느냐에 따라 내 미래도 언젠가는 현실이라는 이름으로 모습을 드러낼 텐데 어떻게 만들어야 할까?'

생각이 여기까지 미치자 이상하게 지금까지 자신감 없이 느껴졌던 것들이 조금씩 옅어지면서 마음 깊은 곳에서부터 에너지가 생기는 것 같았다.

'좋아. 열심히 해보는 거야…. 이제 단단하게 의지를 품어보는 거야. 단단한 의지를 품은 이상 절대 꺾이지 않을 거야.'

나는 냉정하게 지금 내가 처한 상황에 대해 생각하기 시작했다.

'나는 지금 마흔일곱 살이다. 이제 다른 사업을 시작한다는 것도 어려운 일이고, 다른 사업을 시작할 만한 그릇도 안 된다. 그러니 다른 사업을 시작한다는 것은 어려운 일이다. 결혼해서 바로 학원을 운영하는 남편 그늘에서 편안하게 수업만 했을 뿐 다른 경험이 있는 것도 아니다. 따라서 내가 지금 할 수 있는 것은 공부뿐이다. 공부로 또 다른 내 인생을 생각해야 한다. 지금을 기회로 잡지 못하고 그대로 놓친다면 앞으로 공부할 기회가 다시는 오지 않을 수도 있다.'

이런 생각이 들자 다시 내가 공부하겠다고 생각한 자격증에 관해서 진지하게 검토하기 시작했다.

공부는 시험에 합격해서 마지막에는 자격증을 거머쥐는 것이 중요했기 때문에 마지막 결과가 중요했다.

아무리 열심히 노력했다고 하더라도 자격증을 거머쥐는 것이 아니면 아무 흔적도 없이 사라져 버리는 노력이었다. 자격증을 거머쥐는 사람이 공부도 열심히 한 것이고, 자격증을 거머쥔 사람만이 노력한 사람으로 대우받을 수 있었다.

기술을 배운다거나 요리를 배우는 것은 과정마다 배우는 것이 표시가 나게 되어있다. 그러나 공부는 과정을 표시 낼 수 없는 것이다. 오로지 공부에 대한 노력의 표시는 마지막 결과일 뿐이었다.

공부에 대한 마지막 결과를 위해서 내가 선택한 것이 '또나선생님'의 '떨오기공부법'인 것이었다. 물론 다양한 공부법을 소개하는 책들도 많이 있었다. 그러나 나에게 맞는 공부법은 나를 항상 따라다니면서 지도해 줄 '또나선생님'이라고 생각한 것이다. 그러기 위해서 '또나선생님'의 과외수업 내용을 하나하나 착실하게 따라 하는 수밖에 없었다.

인터넷을 열어 놓고도 이런저런 생각이 들었다. 그러나 지금의 나로서는 수험서를 주문해야 하는 일이 더 급했다. 어떤 수험서를 주문해야 할지는 이미 '또나선생님'에게 수업을 받았기 때문에 크게 고민할 필요가 없었다.

'또나선생님'의 말처럼 핵심요약집이나 프린트물 없이 오로지 기본서와 문제집만 가지고 공부한다면 기본서와 문제집이 가지는 무게와 중요성이라는 것은 엄청난 것이었다. 공부 시작부터 마지막까지 내 곁에서 항상 함께할 중요한 것이라는 '또나선생님'의 설명은 사실이었다.

기본서와 문제집을 주문하고 난 이후에는 그것들이 도착하기 전에 수강 신청도 모두 마쳐야 했다. 기본서의 출판사 인터넷 강의를 신청하면 될 일이었기 때문에 강의를 신청하는 것은 고민할 필요가 없었다.

기본서와 문제집만 받으면 바로 공부를 시작할 수 있도록 모든 준비를 철저히 했다. 이번만큼은 중간에 주저앉고 싶지 않았다. 그러니 '또나선생님'의 과외수업이 내게는 소중했다. 꼭 꿈을 이루고 싶다는 열망만큼이나 '또나선생님'의 '떨오기공부법' 과외수업도 소중하게 여겼다.

드디어 주문했던 기본서와 문제집이 도착했다. 그런데 겉으로 보기에 상자가 너무 컸다. 하기야 두 개 자격증 시험에 동시에 도전하다 보니까 과목 수가 많기는 했다. 그렇다고 '상자가 이 정도까지 클까?' 싶었지만, 이때까지만 해도 기본서와 문제집을 같이 쌓아두면 어느 정도인지 잘 모르던 때의 생각이었다. 진즉에 서점에 갔을 때 자세히 살펴봐야 했던 일이었다. 서점에서도 대충 짐작은 해보았지만 한 권씩 봐서 그랬는지 많이 두꺼워 보이지는 않았었다. 그러니까 서점에서는 대충 보고 넘겨버린 것이 실수였다는 것을 책을 받아보고 알았다.

기본서와 문제집을 마주하는 순간 나는 경악할 수밖에 없었다. 한 개 자격증 당 5권에서 6권의 기본서와 문제집을 차근차근 정리했더니 기본서 11권에 문제집 11권이었다. 그러니까 22권이 책상에 놓여 있는데 갑자기 겁이 덜컥 났다.

도저히 안 되겠다 싶었다. 22권의 수험서 앞에서는 한숨밖에는 아무것도 나오질 않았다. 22권의 수험서 두께만큼 내가 느끼는 두려움도 컸다. 며칠 동안 다시 고민했다. 그러나 고민을 하면 할수록 머리만 지끈거리면서 아프고 후회만 밀려왔다.

'이거 내가 너무 쉽게 생각한 것 같은데 ….'

나는 책상에 놓인 책을 보면서 한숨을 섞어 가며 중얼거리고 있었다.

'내가 만약 공부에 성공한다면 지금은 한숨을 쉬고 있지만 앞으로 내 인생이 어떻게 바뀔지 모르는 거야.'

문득문득 긍정적인 생각도 들었다. 그러나 그것도 잠시였다.
그러던 어느 날, 책상에 놓인 수험서를 보면서 중얼거렸다.

'열심히 하다 보면 두려움과 걱정은 저절로 사라지는 거야. 도전할 것을 정하지 못해서 도전하지 못하는 것이지, 내가 해야 할 일이 정해졌는데 벌써 포기할 수는 없어. 한번 해보는 거야. 분명히 좋은 결과가 있을 거야. 내가 가지고 있는 공부에 대한 내 능력을 아직 모르니까 걱정될 수도 있지만 도전하다 보면 자신과 마주하는 시간이 있을 거야. 그때까지 힘을 내자.'

이렇게 중얼거리고 있는데 '또나선생님'이 나타났다.

"어때, 대단하지? 책 내용은 지금 볼 필요는 없어. 어차피 전부 모르는 내용이기 때문에 지금 본다는 것은 아무 도움이 되지 않아. 제일 먼저 할 일은 두꺼운 책은 180페이지나 200페이지 정도로 나누는 거야. 이것은 어디서나, 아무 때라도 책을 들고 다닐 수도 있고, 읽을 수 있게 하기 위해서야. 가지고 다니기도 편하고, 누워서도 편하게 볼 수 있는 두께가 돼야 한다는 거야."

"책을 나누면 혹시라도 책이 뜯어지거나 지저분해질 텐데요?"

"그런 것은 걱정할 필요 없어. 시험에 떨어지는 것이 걱정이지. 책이 좀 지저분해지고, 뜯어지는 것쯤이야 아무것도 아니야. 네가 이루고 싶은 목표만 생각하면 돼. 그것을 위해서 책을 나누는 것은 필요한 순서야. 두꺼운 책은 볼 때마다 공부에 대한 부담이 커지고, 그 부담은 중간에 포기하게 만드는 원인을 제공해 주기 때문이야."

합격하기 위해서 '또나선생님'이 가르쳐준 것은 책을 나누는 것이었다. 지금으로서는 내 생각은 별로 중요하지 않았다. 이왕 '또나선생님'에게 과외수업을 받기로 결정한 이상 무조건 '또나선생님'이 시키는 대로 해야 했다.

책을 나눌 때는 도움을 받아서 180페이지 정도로 나누었는데 한 과목당 거의 3권 정도로 나누어졌다. 물론 한 과목당 3권 정도로 나뉘어서 책 권수는 더 많아졌지만 그래도 페이지가 확 줄어든 책을 보니 두꺼운 책을 마주할 때보다 훨씬 부담감이 줄었다.

조각조각 나누어진 책과 문제집을 대하는 것은 이전에 두꺼운 책을 대하는 암담함보다는 훨씬 가벼웠지만 그래도 여전히 암담함은 없어지지 않았다. 깜깜한 동굴에 혼자 갇혀버린 것 같은 느낌이었다. 이 동굴이 언제 끝날지도 모르겠고, 끝이 있기는 한 것인지 궁금하기도 했다. 그러나 나는 이 동굴 끝이 궁금했다. 궁금해서라도 그 끝을 꼭 가야 한다고 다짐했다.

03 _ 선포된 도전은 성공을 자석처럼 끌어당긴다

한동안 시간이 흘렀다. 어느 날, 조각조각 나누어진 수험서를 보고 있는 내게 '또나선생님'이 말을 했다.

"어때, 훨씬 낫지?" "… 그래도 여전히 암담합니다."
"처음은 누구나 암담한 거야. 암담하다는 것은 처음이라는 것을 말해주는 거야."

'또나선생님'이 가리킨 것은 내가 조각조각 나누어 놓은 수험서였다. 조각조각 나누어진 수험서는 정리된 모습으로 책상을 차지하고 있었다.

"아직 시작도 안 했기 때문에 암담한 느낌은 당연한 거야. 그렇지만 아무 걱정 하지 마. 내가 있잖아. 그 암담한 느낌은 곧 없어질 거야. 이제 다음으로 할 것이 있어. 네가 은근히 신경 쓰이는 사람이 있지? 평소에 부럽다고 생각되는 사람을 말하는 거야. 부럽다는 것을 인정하고 싶지 않겠지만 평소에 질투했던 사람 말이야. 질투했다는 것은 결국 그 사람이 부럽다는 것의 또 다른 뜻이기 때문에 네가 인정을 하고 안 하고는 중요하지 않아. 바로 그 사람이 이제 네게 큰 도움이 될 거야. 그 사람을 만나면 네가 공부를 시작한 것을 말하는 거야. 즉 네가 공부를 포기하거나 불합격할 경우 가장 창피함을 느끼게 할 사람에게 네가 도전하는 목표를 선포하는 거야. 그러나 일부러 찾아갈 필요는 없어. 어차피 만나게 되면 말하라는 거야."

'또나선생님'의 이야기를 들을 때 생각나는 사람이 있었다. 평소에 은근히 부러움의 대상이 되었고, 질투의 대상이 된 사람이었다.

"네? 아니, 왜요? 그게 공부에 무슨 효과가 있나요?"
"응. 효과가 있으니까 하라는 거야. 분명한 효과를 보게 될 거야. 효과가 있는지 없는지는 시험에 합격하고 나면 알게 될 거야."

순간 그럴 수 없다는 생각이 들었다. 혹시 중간에 공부를 포기하게 된다거나, 시험에 떨어지게 된다면 이것은 사서 망신당한 꼴이 된다. 그러니 볼멘소리를 할 수밖에 없었다.

"굳이 그렇게까지 할 필요가 있을까요? 아직 공부 시작도 안 했는데 말부터 먼저 했다가 시험에 떨어지는 경우가 생기면 그때의 창피함은 수습하기가 힘들 텐데요."

"바로 그거야. 그것이 핵심이 되는 거야. 네가 포기하고 싶고, 게으름 부리고 싶을 때 그 사람 얼굴이 네 눈앞에서 왔다 갔다 하면서 창피한 생각이 든다면 절대 포기할 수도 없고, 게으름 피울 수도 없어. 그래서 그 사람이 가장 도움이 된다는 거야. 그러니까 필요해."

"그렇지만 다음에 합격하고 나서 말해도 되는데 벌써 말만 앞서기에는 아직…."

"안 돼. 이것은 필요한 거야. 창피함이 너를 이끌고 갈 것이고, 그 창피함이 오히려 앞으로 나아가는 힘을 줄 거야. 명심해, 네가 시험에 합격하고 싶으면 반드시 네 도전을 주변 사람에게 선포해야 해. 그것도 네가 시험에 떨어졌을 때 너를 가장 창피함을 느끼게 할 사람에게는 꼭 선포해야 해. 어떤 사람은 자신이 공부하는 것을 비밀로 하는 경우가 있어. 그것은 시험에 실패할 것을 두려워하면서 만약 실패했을 때 창피하지 않기 위해서 보호 울타리를 만드는 거야. 그러나 자신만 알고 주변에서 아무도 공부한다는 사실을 모른다는 것은 인내력을 끝까지 유지하기가 그만큼 어렵다는 거야. 생각해봐. 공부하다가 조금만 힘들어도 어차피 창피할 것도 없는 상황이라면 중간에 포기하게 되고, 공부도 건성으로 하게 되는 거야. 그리고 가장 중요한 것은 너는 이미 내 공부법으로 공부하려고 결정했기 때문에 내가 시키는 대로 따라 해야 해. 내가 시키는 것을 무조건 따라 해야 네가 원하는 것을 얻을 수 있어. 내가 하는 말은 반드시 실천해야 해. 전부 중요한 힌트들을 모아 놓은 거니까! 이것저것 생각하지 마. 내가 말하는 것을 실천하는 것이 중요해! 내 수업에 대해서 어떤 것도 이유를 대거나 핑계를 대면 안 돼. 그것은 네 각오가 그만큼 약하다는 증거일 뿐이야. 내가 계속 강조하는 것이 첫 열정이잖아. 그 첫 열정의 하나가 선포야. 선포된 도전은 반드시 성공을 자석처럼 끌어당긴다는 것을 명심해."

"아… 그렇다면, 네."

'이게 정말로 효과가 있을까? 그래. '또나선생님'의 말이 맞을 수도 있어. 어떻게 보면 무슨 도전이든지 혼자만 알고 있다는 것은 그만큼 포기할 수도 있고, 좌절할 수도 있다는 가능성을 안고 있을 수 있어.'

나는 나누어진 수험서를 들여다보면서 곰곰이 생각했다. 합격을 거머쥐기 위해서는 먼저 책을 나누고, 다음은 새로운 도전을 선포하는 것이었다. 그것도 가족들은 물론이거니와 내가 그동안 은근히 질투를 느끼고 있었던 사람들에게까지 선포하라는 것이었다.

책을 나누는 것은 쉽게 할 수 있는 것이었지만 주변에 내가 공부하게 됐다고 떠들고 다니기에는 용기가 필요했다. 그러나 '또나선생님'은 내가 떠올렸던 사람들을 만나거나 통화할 일이 생기기만 하면 나를 재촉했다.

"뭐야! 얼른 말해."

"아니, 그러니까 시험에 합격하고 말하면 좋을 것 같은데요."

"안 돼. 그건 안 될 일이야. 네가 공부를 시작한 것을 다른 사람들이 반드시 알아야 계속 포기하지 않고 공부할 수 있는 거야. 중간에 네가 포기를 하거나 시험에 떨어져도 창피를 느끼게 할 사람도 없는 것은 오히려 공부를 계속할 수 없게 만드는 결정적인 단점이 되는 거야."

"그래도 아직 시작도 안 했는데 어떻게 벌써 말하라는 겁니까? 조금이라도 해보고 말하면 어떻겠습니까? 지금으로서는 도저히 용기가 안 납니다."

"용기 같은 것은 아무 필요도 없어. 지금 내 관심은 오직 너의 공부를 성공시키고, 목표를 달성하게 하는 것뿐이야. 그러니까 당장 말해. 그것도 아주 당당하게 시험에 이미 합격한 사람처럼 선포해. 선포된 도전은 성공을 자석처럼 끌어당긴다고 이미 말했잖아. 설마 성공을 끌어당기고 싶지 않은 거야?"

"그러면 상대가 저를 비웃을 수도 있습니다. 너무 가벼워 보일 수도 있습니다. 저도 반드시 성공하고 싶고, 성공을 자석처럼 끌어당기고 싶습니다. 하지만 이것은 무리일 것 같습니다."

"비웃으라고 해. 가벼워 보인다면 가볍게 여기라고 해. 분명하게 말하지만 그런 것까지 신경 쓰지 마. 너와 내가 지금 관심을 가져야 하는 것은 오직 새로운 도전이 성공해서 네 인생을 다시 바꾸는 거야. 지금 중요한 것은 이것뿐이라고. 그리고 이것을 위해서 주변에 특히 네가 가장 신경 쓰이는 사람에게 네 도전을 선포하는 것은 필요하고. 다시 말하지만, 도전에 대한 선포는 성공을 자석처럼 부르는 거야. 이것도 '떨오기공부법' 과외수업에서 빠져서는 안 되는 중요한 것 중의 하나야."

나는 '또나선생님'의 성화에 못 이기고 어쩔 수 없이 만나는 사람마다 공부를 시작할 거라고 말할 수밖에 없었다. 거기에는 내가 은근히 신경 쓰이는 사람도 포함되어 있었다.

새로운 도전을 하게 된 사연을 들은 사람들의 반응은 여러 가지였다. 어떤 사람은 놀라는 눈치였고, 또 어떤 사람은 노골적으로 나를 말리면서 안 된다는 충고도 아끼지 않았다. 괜히 고생만 하다가 돈만 날리고 말 것이라는 충고도 있었다. 잘 될 거라고, 힘내라고 용기를 주는 사람은 없었다. 나이를 생각하면서 공부도 하는 것이라고 말하는 이들도 있었다.

그런데 중요한 것은 그들의 노골적인 충고가 '또나선생님' 과외수업보다 더 논리적이라는 생각이 들었다. 그리고 그들의 말이 다 맞는 것 같았다. 순간 마음이 흔들렸다. 그렇지만 내 마음 한 곳에서는 그들의 충고가 오히려 꼭 '해내고 말 거야'라는 오기를 불러일으키기도 했다.

'나는 반드시 해낼 거야. 이제 걱정도 하지 않고, 오늘 들었던 여러 충고를 딛고 일어설 거야. 그러니까 나는 이제 걱정 없어.'

그들의 충고는 내게 오히려 이런 기분이 들도록 만든 것인지도 모를 일이었다.

Tutoring _3st Class

'또나선생님' 의 '떨오기공부법'
과외수업 – 3교시

---

01 _ 시간을 따라가는 사람 있고, 시간이 따라오는 사람이 있다

이번 시간에는 시간을 어떻게 사용할 것인가를 이야기하려고 한다. 시간에 대해서도 일정한 규칙이 있다.

첫째 – 도전만 하면 시간은 따라온다.
둘째 – 잠자는 시간을 줄여서는 안 된다.
셋째 – 헛되게 낭비되는 시간을 체크하자.

대부분의 사람은 목표를 정하기 전에 자신이 쓰고 있는 시간 중에서 여유시간을 먼저 계산한다. 이것은 목표를 위해 도전하기 위해서는 가장 먼저 시간이 필요하기 때문이다.

그러나 문제는 평소에 자신이 생활하던 것들을 하나도 포기하지 않은 채 여유시간을 계산한다는 것에서 문제점을 안고 있다.

그러니까 현재 자신이 쓰고 있는 시간을 따라가면서 계산한다는 것이다. 그것도 꼼꼼히 적어보는 것이 아니라 머릿속에서 스치듯 시간을 따라가면서 계산한다.

오랜 세월에 걸쳐서 자신이 사용해오던 시간을 생각하면 여유시간이라고는 하나도 보이지 않는 것이 당연하다. 익숙한 생활은 항상 시간이 없다는 말만 하면서 자신의 목표나 꿈을 향해서 도전하는 것을 막는 부정적인 역할을 한 것이다.

스스로 시간이 없다는 말만 계속하니까 새로운 것을 도전한다는 것은 생각하지도 못하고 세월이 흘러가 버린 것이다. 그러니 자신이 생각하는 대로 시간은 점점 더 없어지고 꿈이 찾아와도 그 꿈에 도전하기는 더욱 어려워지는 것이다.

그러나 실제로 자신이 하루에 사용하고 있는 시간을 꼼꼼하게 적어보면 머릿속에서 스치듯이 계산하는 것보다 훨씬 많은 시간이 낭비되고 있는 것을 알게 된다. 낭비되고 있는 시간이 곧 끌어모아야 하는 시간이다. 시간은 내가 따라가는 것이 아니다. 시간이 나를 따라오게 만들어야 된다.

꼼꼼하게 적힌 하루 일정을 들여다보면서 신중하게 검토해보면 이제 여유시간이 보이기 시작한다. 전혀 여유시간이 없을 수는 없다. 아무리 바쁘다는 말을 온종일 중얼거리면서 지낸다고 하더라도 공부할 시간은 있다는 것이다. 그 자투리 시간까지 완전히 막혀버리지는 않는다. 그것이 살아있다는 증거가 되고, 그것이 새로운 도전을 할 수 있다는 증거가 된다.

앞에서도 이야기했듯이 여유시간의 많고, 적음이 새로운 꿈을 향해 도전하는 것과 꼭 비례관계에 있는 것은 아니다. 꿈에 대한 도전은 시간이 많다고 도전하는 것도 아니고, 돈이 많다고 도전하는 것도 아니다.

꿈에 대한 도전은 자신에게 주어진 시간 안에서 여유시간이 없는 것을 탄식하기보다는 꿈을 향해 노력할 자세가 되어있는 사람의 몫이다. 노력은 열정이라는 뿌리를 가지고 있다. 열정이 더해진 노력은 지치지 않는 모습으로 꿈에 도전하게 한다. 그러므로 오직 마음에서 솟아나는 강한 열정이 있는 사람이 새로운 꿈에 도전하는 것이다. 그런 사람만이 어제와 다른 오늘을 계획하는 것이다.

어제의 삶이나 오늘의 삶에 대해서 아무런 감각이 없는 사람에게 꿈은 하나의 사치일 뿐이고, 장식물에 불과한 것이다. 사치고 장식물인 꿈은 꿈이 아니라 허상이고 망상일 뿐이다.

자신이 이루어야 할 목표와 꿈이 정해지지 않았다면 우리의 집중력은 천지사방으로 흩어지게 되어있다. 천지사방으로 흩어진 집중력은 여유시간을 잡아먹는 하마가 되어 다른 사람이 꿈을 이루기 위해 치열하게 살아가는 모습만 부러워하면서 아까운 시간만 보내게 된다.

바쁘게 살아가고 있는 사람일수록 자기를 위한 투자의 하나로 공부를 즐긴다. 이들은 자신이 이루어야 할 꿈이 한 곳으로 집중된다. 한 곳으로 집중된 꿈은 여유시간을 알차게 쓸 수 있는 것이다.

그리고 그렇게 바쁜 시간을 귀하게 쓰는 사람일수록 좋은 결과를 보인다. 이런 사람들이 있다는 것은 '시간이 없어서 공부할 수 없다.' 라는 사람들에게 그들이 하는 말이 전혀 설득력이 없다는 것을 증명해 준다.

시간이 없어서 도전할 수 없는 게 아니라 '도전하겠다' 라는 열정이 없어서 시간이 없는 것이다. 꿈에 대한 열정만 있으면 시간은 따라온다. 그러나 꿈에 대한 열정이 없다면 평생 시간을 따라다니기에도 숨이 찬다.

넓게 보면 도전이 두렵지 않을 뿐 아니라 넓게 보는 마음으로 도전만 한다면 시간은 자동으로 따라오게 된다. 이것이 이치고, 진리다. 도전하지 않고 있으니까 시간이 없게 느껴질 뿐이지, 도전만 하면 시간이 손짓을 보낼 것이다. 그냥 스치듯 지나치는 시간이 말을 걸어올 것이다.

"나 여기 있다."

도전하려고 결정하는 순간 시간이 보내는 손짓을 잡아채기만 하면 된다. 시간을 만들어 가는 주인공은 다름 아닌 자신이다. 주인공 스스로 시간을 다스리는 것이다. 가만히 앉아서 시간을 잡아먹는 것도 결국, 다른 사람이 아닌 나 자신이다.

아무것도 도전하지 않고 지금처럼 사는 데 급급하다고 시간 타령만 하다가는 결국 그 자리에 인생이 멈추게 된다. 꼼짝하지 않고 멈춰버린 인생은 생각하면서 사는 것이 아니라 사는 대로 생각할 수밖에 없다. 아니 그 자리에 멈추는 것을 넘어서 오히려 뒤로 걸어가는 결과를 가져올 수 있다. 사는 대로 시간에 끌려다니면 자신의 성장은 멈추게 되는 것이 진리다.

물론 새로운 꿈에 도전한다는 것은 지금까지 익숙해져 버린 하루의 계획을 다시 계획해야 하는 어려움이 있다. 익숙해져 버린 하루를 갑자기 다른 시간표에 맞추어서 살아야 한다는 것은 그만큼 처음으로 되돌아가려는 속성을 가지고 있을 수 있다. 그리고 당분간은 불편하고 거북스러울 수 있다. 그러나 그것도 잠깐이다.

꿈을 위해 도전할 시간이 하루의 계획 속으로 들어오기만 한다면 그 생활 역시 곧 익숙해질 것이다.

성공한 인생을 살고 싶다면 기꺼이 꿈을 향해 도전해보자. 그리고 거기에서 오는 긍정적인 변화를 건강한 습관으로 길들여보자. 물론 건강한 습관은 하루아침에 만들어지지 않는다. 하지만 변화에 대한 두려움과 불편함을 이겨내고 도전만 한다면 누구든지 건강한 습관을 만들어서 꿈을 이룰 수 있다.

그리고 인간처럼 적응을 잘하는 동물도 없다고 하지 않는가. 힘들게 목표를 세우고, 꿈을 세웠다면 지금 당장 하루의 계획을 다시 세워야 한다. 이미 도전을 한 이상 의미 없이 흘려버린 시간이 여기저기에서 손짓할 것이다. 이제 그 시간을 모으기만 하면 된다.

그러나 여유시간을 끌어모을 때 조심해야 할 것이 잠자는 시간을 줄여서는 안 된다. 보통은 시간을 확보하기 위해서 제일 먼저 생각하는 것이 잠자는 시간이다. 그러나 잠자는 시간은 절대 줄여서는 안 되는 시간이다.

잠자는 시간은 하루에 7시간 정도가 가장 적당하다. 즉 7시간을 넘게 잠을 자거나, 반대로 7시간보다 더 적게 잠을 줄여서는 안 된다. 7시간을 넘게 잠을 자는 경우와 7시간보다 더 적게 잠을 줄이는 것 모두 피곤하기는 마찬가지다.

7시간을 넘게 잠을 자고 일어나면 공부가 더 잘 될 것 같지만 그때부터 긴장이 한풀 꺾이게 되는 결과를 가져온다. 공부하면 알게 되겠지만 공부는 조금만 틈이 생겨도 쉬고 싶은 성질을 가지고 있다. 그래서 7시간이 넘는 수면시간은 긴장만 꺾어버린다. 수면시간은 7시간이 적당하다.

잠자는 시간이 너무 많거나, 반대로 적게 되면 다음 날 공부에 막대한 영향을 미친다. 계속 피곤하고, 그 피곤으로 인해 온종일 나른한 하루를 보내게 된다. 그러니 잠자는 시간은 철저하게 지켜야 한다.

어느 날은 잠을 자려고 해도 잠이 잘 안 올 수도 있다. 그래서 '잠은 자야겠는데 잠이 오지 않아.' 라는 생각이 들 수도 있다. 그렇다면 누워서 기본서를 보면 된다. 이럴 때를 대비해서 이미 기본서를 조각조각 나누어 놓았기 때문에 누워서 읽기에도 불편하지 않을 것이다. 기본서가 곧 수면제 역할을 해서 곧장 잠 속으로 빠져들게 된다.

공부하는 과정을 기분 좋게 즐기려면 먼저 들쑥날쑥했던 잠자는 시간을 일정하게 통일하는 것이 필요하다. 이렇게 잠자는 시간부터 통일시키는 방법으로 신체 리듬을 정상적인 상태로 되돌려야 한다. 일정하게 잠을 자야지만 몸과 마음에 에너지가 생기고 그 에너지는 결국 긍정적인 생각으로 계속 공부할 수 있게 한다.

포기하고 싶은 생각이 없어져야 긍정적인 새로운 에너지가 날마다 생길 수 있다. 그 힘은 잠자는 시간이 가지고 있다. 잠자는 시간이 일정해야 한다는 것을 명심하자.

이제 헛되게 보내는 시간을 체크해야 한다. 예를 들어 휴대전화를 들여다보는 시간이나 친구들과 아무 의미 없이 길어지는 통화 시간을 먼저 체크해야 한다.

현대를 살아가려면 휴대전화는 꼭 필요하다. 그러나 꿈을 위해 도전하는 동안은 크게 도움이 되지 않는다. 그러므로 휴대전화가 잡아 먹는 시간을 체크해서 당장 공부하는 시간으로 바꾸어야 한다.

그리고 친구들과의 전화 통화 역시 마찬가지다. 별로 중요하지도 않은 일을 가지고 시간을 잡아먹어서는 안 된다. TV 시청 시간 역시 마찬가지다.

여하튼 공부하고 연관 없는 시간은 모두 헛되게 낭비되고 있는 시간으로 생각하면 된다. 그러므로 헛되게 낭비되고 있는 시간을 철저하게 점검하고 확인하자.

그 모든 시간이 이제는 공부할 수 있는 귀한 시간으로 탈바꿈되어야 한다. 꿈을 위해서 도전한 이상 헛되게 낭비되는 시간이 단 1초라도 있어서는 안 된다는 것을 명심하자.

1초가 모여서 한 시간이 되고, 한 시간이 모여서 하루가 된다. 단 1초라도 '이것쯤이야' 하면서 쉽게 생각하고 허비하지 않아야 한다. 이제 시간과 싸움이 시작된다. 이 싸움에서 반드시 이겨야 한다.

02 _ 때로는 머리보다 손이 더 정확할 수 있다

'도전만 하면 시간은 따라온다…, 잠자는 시간은 7시간으로 하라. 시간이 따라온다.…'

'또나선생님'의 3교시 과외수업 이후 나는 매일 내가 하루에 사용하고 있는 시간을 머릿속에서 계산했다.

'아침에 일어나서 아침을 준비하고, 가족들이 모두 식사를 하고 나간 후 청소를 한다. 청소를 후다닥 끝내고는 대충 화장하고 학원에 수업하러 간다. 오전 내내 수업하고, 오후 점심시간이 지나면 잠깐 여유시간에는 책을 본다. 그리고 오후 수업이 끝나면 퇴근해서 저녁을 준비하고, 이것저것 모두 치우고 나면 밤 8시가 훌쩍 넘는다. 그러고 나면 씻고, 책 좀 읽다가 잠을 잔다. 그리고 다음 날은 오늘과 똑같은 시간 속에서 똑같은 모습으로 산다.'

아무리 생각을 해도 일과 속에서 공부할 시간을 찾기란 어려웠다. 그러던 어느 날 '또나선생님'이 나타났다.

"어때? 공부하기에 시간이 턱없이 모자란다는 생각이 들지?"
"네. 아무리 냉정하게 생각해봐도 여유시간이란 없습니다."

"그러니까 생각하지 말고, 적어봐. 하루 24시간이 어떻게 쓰이고 있는지 냉정하게 적어보면 네가 쓰고 있는 24시간이 보이잖아."

"적어보라고요?"

"적어보면 생각만 하던 것하고는 전혀 다른 시간이 보일 거야. 재미있는 일이 일어날 테니까 꼭 적어봐."

그날부터 내가 쓰고 있는 하루 24시간을 세밀하게 적기 시작했다. 어떻게든 공부할 수 있는 시간을 찾기 위해 노력했다. 그러는 동안 좋은 방법이 떠오르기도 했다. 아침 출근을 조금만 서두르면 거기에서 조금이지만 시간을 끌어모을 수 있을 듯했다. 저녁에도 씻는 시간을 조금만 서두르면 거기에서도 여유시간이 보였다.

이번에는 식사 시간에서도 여유시간이 보였다. 점심 식사 시간으로 1시간 정도가 사용되고 있었다. 여기에서도 서두르기만 한다면 30분은 모을 수 있겠다는 계산이 나왔다.

그리고 오후에 잠깐씩 자투리 시간을 적어보니까 오후 시간이 꿀처럼 보였다. 오후에 피곤하다는 이유로 휴대전화를 만지작거리거나, 유튜브를 본다거나, 소설책 등을 보면서 쉬었는데 이 시간이 상당했다. 그렇게 오후 시간 2시간이 모였다. 이제 하루에 3시간 정도가 모인 것이다.

그리고 저녁 먹고 잠자기 전까지의 시간도 어영부영 TV를 본다든가 낮에 읽었던 소설책을 읽었는데 이 시간 역시 내가 쓸 수 있는 귀한 시간이었다. 이렇게 끌어모은 시간이 5시간 30분이 되었다. 5시간 30분은 실로 엄청난 시간이었다. 적지 않고 머릿속으로만 계산할 때는 여유시간이 전혀 보이지 않더니 꼼꼼히 적어보니까 여유시간이 보였다.

때로는 머리보다 손이 더 정확할 수도 있다는 생각이 들었다. 이제 시간이 어느 정도 확보된다고 생각하니까 할 수 있겠다는 확신이 생기면서 즐겁게 지낼 수 있었다.

그러면서도 버려지고 있는 여유시간을 더 찾기 위해 노력했다. 이미 5시간 30분을 확보한 나로서는 도전만 하면 시간은 따라온다는 '또나선생님'의 말을 실감하고 있었다. 그리고 잠이 많은 내가 잠자는 시간을 7시간 유지할 수 있다는 것에 감사했다. 잠이 조금이라도 부족하면 다음 날이 내게는 무척 힘들었다. 아니 다음 날만 힘든 것이 아니라 삼일 정도는 고생했다. 그러니 잠자는 시간을 줄일 생각은 아예 없었다. 잠을 줄이고는 내 체력이 버티지 못한다는 것을 나는 잘 알고 있었다.

지금 내가 도전하는 공부도 일 년을 끌고 가야 할 공부였다. 일 년이면 생각에 따라 짧을 수도 있지만, 또 다르게 생각해보면 만만치 않은 시간이라는 것은 틀림없는 사실이었다. 그 시간을 견디기 위해서는 잠자는 시간만큼은 절대 줄여서는 안 될 일이었다. 그러니 '또나선생님'의 과외수업 중 잠자는 시간을 줄이지 않는다는 것은 나에게 행운이었다.

이제 온통 머릿속은 공부 생각으로 꽉 차 있었다. 온종일 쓰고 있는 시간 중에 버려지고 있는 시간이 없는지 찾고 있었다.

그러던 어느 날 잠을 자면서 꿈을 꾸었다. 내가 시험을 보러 시험장에 간 꿈이었다. 시험장에는 사람들이 엄청 많이 있었다. 어리둥절하면서 자리에 앉아 있으니까 조금 후 감독관이 들어와서 시험지를 나누어 주었다. 그런데 온통 모르는 문제뿐이었다. 모르는 문제뿐인 시험지를 붙들고 진땀만 흘리다가 꿈을 깼다.

아무리 꿈이었지만 기분이 좋을 리 없었다. 이왕 꿈을 꾸려면 합격하는 꿈을 꿀 일이지 하필이면 온통 모르는 문제로 가득한 꿈을 꾸다니, 잠이 확 달아나는 꿈이었다. 그리고 이런 일이 있어서는 절대 안 된다고 다짐했다. '아무리 꿈이라고 해도 끔찍하네. 절대 이런 일이 일어나게 해서는 안 돼.' 자다 깨서 혼자 중얼거렸다. 정말 이상한 꿈이었지만 두 번 다시 꾸고 싶지 않은 꿈이었다.

다음 날 '또나선생님'이 말을 걸어왔다.

"어제 이상한 꿈을 꿨지?"
"영락없이 시험에 떨어지는 꿈이었어요."

"그건 네 잠재의식이 그만큼 두려워하고 있다는 증거야. 지금까지 너는 새로운 목표에 도전해보겠다고 다짐을 했지만 사실 네 잠재의식은 아직 도전에 대한 두려움을 그대로 가지고 있는 거야."

"잠재의식….."

"그래, 겉으로 보기에는 도전하는 것같이 보여도 사실 네 잠재의식은 아직 새로운 도전을 받아들이지 못하고 있는 거야."

"새로운 도전을 받아들이지 못한다고요?"

"그래. 그러니까 네 잠재의식까지도 네가 하려는 새로운 도전을 받아들일 수 있도록 일깨울 필요가 있어."

"잠재의식을 일깨운다?"

"맞아. 잠재의식을 일깨우는 거야. 지금부터는 스스로에 대해 부정적인 말을 하면 안 돼. 아무 생각 없이 하는 부정적인 말들은 그대로 네 잠재의식을 지배하게 돼. 그러니 앞으로는 '나는 할 수 있다'라는 긍정적인 말로 잠재의식을 깨워야 해."

"나는 할 수 있다?"

"좋아, '나는 할 수 있다'라는 말을 할 때마다, 지금까지 스스로에 대해 했던 부정적인 것들이 하나씩 사라지게 될 거야. 그런 부정적인 것들이 모두 사라지면 두려워하고 있던 잠재의식이 조금씩 자신이 해야 할 일을 되찾으면서 너를 도와주기 시작하는 거야. 그때가 되면 네 현재 자아와 잠재의식은 하나가 되어서 공부하는 에너지도 배가 될 수 있어. 어때? 이해가 돼? 지금 기분은?"

"그럴 수도 있겠다는 생각이 듭니다. 그리고 조금은 편안한 느낌입니다."

"그래. 이제 잠재의식이 깨어나고 있는 거야. 그리고 '나는 할 수 있다' 라는 말을 할 때는 네가 시험에 모두 합격했을 때의 감격스러운 장면을 같이 상상하면 더 좋아. 긍정적인 상황을 상상하는 것만으로도 잠재의식은 에너지를 더 만들어 낼 수 있거든."

"상상하라…"

"그래, 어차피 긍정적인 말로 잠재의식을 깨우는 거라면 합격했을 때의 당당한 모습을 상상하는 것은 어렵지 않거든. 그렇게 되면 잠재의식이 가지는 힘은 더 커질 거야. '나는 할 수 있다' 를 적어보는 것도 좋아. 때로는 머리보다 손이 더 정확할 수 있으니까."

잠재의식에 대한 '또나선생님' 의 이야기는 대충 이해가 됐다. 지금까지 무엇이든 도전할 때마다 긍정적인 암시보다는 부정적인 암시가 더 많았다는 것을 인정할 수밖에 없었다. 무엇인가 시작하려고 하면 '혹시 잘 안되면 어쩌지?' , '시험에 떨어지면 어떻게 하나?' , '만약을 대비해야 해?' 와 같은 부정적인 생각은 꼭 따라다녔다. 그리고 그런 생각들을 말하고 다녔다. 그러니 내 잠재의식이 불안해하고 있다는 것은 억지가 아닌 듯싶었다. 더 중요한 것은 부정적인 말은 그대로 현실이 되었다.

　그렇다면 불안해하는 잠재의식을 다시 긍정적인 에너지를 가진 것으로 바꾸는 방법 역시 말이라면 당연히 날마다 반복해서 해야겠다는 생각이 들었다. 그날부터 나는 '나는 할 수 있다'를 중얼거렸다.

Tutoring _4st Class

'또나선생님' 의 '떨오기공부법'
과외수업 - 4교시

0 1_ 머리보다 시간 활용이 정답이다

도전만 하면 시간은 따라온다는 사실은 이미 설명했다. 시간이라는 것은 사실 내가 만드는 것이고, 내가 쓰는 것이다. 이번 시간에도 여전히 시간을 어떻게 활용하는지 공부하려고 한다. 어차피 공부는 시간과 싸움이니까 시간에 대한 수업을 잘 이해해서 그대로 실천해야 한다.

첫째 – 최고의 골든타임은 새벽 공부 2시간이다.
둘째 – 언제, 어디서든 짬짬이 공부를 즐겨라.
셋째 – 틈새 수면은 활력이 된다.

이제는 시간 활용법으로 들어가야 한다. 기초적인 학습은 이미 끝이 났다. 이번 수업이 끝나면 본격적인 공부 과정에 돌입하게 된다. 그러나 그전에 시간에 대한 마무리를 지어야 한다.

공부는 저녁 시간을 이용하는 것보다 새벽을 이용하는 것이 훨씬 효과가 좋다. 저녁 시간은 아무래도 하루의 피곤이 쌓이다 보니까 공부를 하더라도 집중하는 것에 한계가 있다. 그리고 가장 큰 문제는 새로운 내용을 공부할 때마다 짜증이 일어난다는 것이다. 그것은 피곤하다는 증거이기도 하다.

이런 피곤한 상태는 그대로 공부에 영향을 미치게 된다. 그리고 감정에 그대로 전해진다. 그 결과 아무리 열심히 공부해 보겠다고 다짐을 했더라도 포기하고 싶은 마음이 끊이지 않고 찾아온다. 사람의 마음은 항상 휘청거리게 돼 있다. 휘청거리는 마음은 곧이어 결과로 눈앞에 나타나는 것이다.

사실 내 마음이라서 마음대로 할 수 있을 것 같지만, 다스리기가 제일 어려운 것도 내 마음이다. 그리고 마음이라는 것은 당장 피곤하고, 힘들면 더 멀리 달아나려는 성질을 가지기 때문에 저녁에 하는 공부는 그만큼 어렵다.

차라리 저녁에는 새로운 내용을 공부하기보다는 이미 공부한 내용을 복습하는 것이 더 효과적이다. '떨오기공부법'은 유난히 복습이 많은 공부법이기 때문에 저녁 시간을 유용하게 쓸 수 있다. 그리고 새로운 내용의 진도는 새벽 시간을 이용하는 것이 훨씬 효과적이다. 즉 저녁 시간은 복습하는 시간이고, 새벽 시간은 새로운 진도를 나가는 시간이다.

새벽 공부는 먼저 피곤하지 않은 상태에서 출발할 수 있다는 장점이 있다. 새벽 공부는 자신의 실력을 차곡차곡 쌓아서 단단하게 만드는 시간이다. 공부 실력의 변화를 느낄 수 있는 시간이 바로 새벽 공부 시간이다. 그리고 하루를 시작하면서 공부하면 일과 중에서 공부를 제일 우선순위에 두게 된다. 온종일 마음속에서 공부 생각이 떠나지 않기 때문에 자투리 시간을 최대한 활용할 수 있는 장점도 있다. 이토록 새벽 공부는 중요하다.

그러나 새벽 공부 시간 역시 너무 많으면 역효과가 생긴다. 그러니 새벽 공부 시간은 2시간이면 충분하다. 너무 욕심을 많이 부릴 필요는 없다. 새벽 공부를 2시간 넘게 한다고 생각하면 그 생각을 하는 순간 오히려 집중력이 떨어진다. 새벽 공부는 2시간이 넘는 그 순간부터 효과적인 면에서도 떨어진다. 이래저래 새벽 공부는 2시간이 가장 적당하다. 공부할 시간이 얼마 없다고 느낄 때 우리 몸과 뇌는 더 긴장하게 된다. 그러므로 새벽 공부는 2시간이면 충분하다.

그러니까 하루 중에서 공부할 수 있는 최고의 골든 타임이 새벽 2시간이다. 즉 새벽 공부 2시간은 목표 달성 마지막 문을 통과하는 길로 이끌어줄 지름길이다.

그러나 이때 조심해야 할 것은 오로지 공부에 집중할 수 있는 시간이 2시간이어야 한다는 것이다. 만약 새벽 공부를 시작하기 전에 커피를 마실 수도 있다. 그리고 하루를 시작하는 첫 시간이기 때문에 이것저것 챙겨야 할 것도 많을 수 있다.

그러나 이렇게 쓰이는 시간은 공부 시간이 아니라는 것을 명심해야 한다. 여기에서 말하는 새벽 공부 2시간이라는 것은 오직 공부하는 시간만을 말하는 것이다.

이때 기억해야 할 것이 있다. 아무리 피곤해도 반드시 새벽 공부 시간은 지켜야 한다. 만약 피곤하다는 이유로 새벽 공부 시간을 쉬는 불상사가 일어난다면 다음 날 새벽부터는 일어날 때마다 쉬고 싶다는 생각이 자신을 괴롭히게 된다.

공부는 질도 중요하지만, 공부 시간을 규칙적으로 지키는 것 역시 중요하다. 그것은 긴장감 때문이다. 정해진 공부 시간을 한 번이라도 쉬게 되면 반드시 또 쉬고 싶은 마음이 찾아온다. 그때마다 그 마음과 싸워 이기기 위해서는 부단한 인내를 요구한다.

공부하기에도 바쁜 시간에 마음에서 일어나는 갈등과도 싸워야 한다면 그만큼 에너지가 소모될 수밖에 없다. 우리에게 주어진 수험 기간은 그리 길지 않다는 것을 기억해야 한다.

너무 피곤해서 쉬고 싶다는 생각이 들 때는 그래도 일어나서 책상에 엎드려 잠깐 쉬어야 한다. 그리고 다시 정신을 가다듬고 그날 정해진 양의 공부를 성실히 해야 한다.

그러니 최고의 골든타임 새벽 2시간은 어떻게 해서든지 지켜내야 하는 시간이고 자신과의 약속이다. 그리고 이 약속을 비가 오든, 눈이 오든, 태풍이 오든 상관하지 않고 지켜내야 한다는 것이다. 그래서 피곤하다는 이유로 이 약속을 어긴다는 것은 처음부터 생각하지도 않아야 한다.

  공부는 무척 간사하다. 조금만 틈을 보이면 바로 열정이 떨어지는 것이 공부다. 그러나 반대로 내가 공부하겠다고 모은 시간을 착실하게 공부하는 데에만 쓴다면 절대 열정이 떨어지지 않는 것도 공부다.

  그러니 너무 피곤하면 그대로 이부자리에서 쉬는 것이 아니라 책상 위에 엎드려 쉬라는 것이다. 그래야 일 년 안에 두 개의 자격증을 거머쥘 수 있다. 정해진 공부 시간만큼은 반드시 지켜야 한다는 것을 명심해야 한다. 그것도 새벽 공부 시간은 절대적으로 지켜야 하는 것 중의 하나다.

  우리는 이미 2교시 수업에서 책을 조각조각 나누어 놓았다. 이것은 언제, 어디서든 짬짬이 공부를 실천하기 위한 것 중의 하나였다. 두꺼운 책은 보기에도 부담감을 주지만, 가지고 다니기도 힘들고, 들고 있기도 힘이 든다. 그러나 180페이지에서 200페이지 정도로 나눈 책은 여러모로 유용하다.

  제일 먼저 친구와 약속이 생기면 가방에 넣어서 가져가야 한다. 친구뿐만이 아니다. 어떤 약속이 있더라도 항상 지니고 다녀야 한다. 기다리는 시간이 있을 수 있으므로 그때를 대비해서다. 물론 기다리는 시간이 없다면 그냥 그대로 가지고 오면 된다. 그러나 약속 시간보다 친구가 늦거나, 혼자 시간을 보내야 한다면 그때는 말이 달라진다.

그 시간이 바로 짬짬이 공부할 수 있는 시간이 된다. 공부를 시작한 이상 어디를 가든지 책은 가방에 꼭 넣고 다녀야 한다. 간혹 예상치 못한 짬짬이 시간이 생길 수 있기 때문이다.

10분을 아껴야 할 지금, 찾아와주는 시간은 보배일 수밖에 없다. 그 시간이 모이면 1시간이 되고, 1시간이 시험 보러 가는 전날까지 모이면 알짜배기 시간이 된다. 그러니 어디를 가든지 책은 이제 한 몸처럼 가지고 다녀야 한다.

그리고 조각조각 나누어진 책은 잠자기 전에도 유용하다. 잠자리에 들면 바로 잠이 들지는 않는다. 5분에서 10분 정도 얼마의 시간이 흐른 뒤에 잠이 들게 된다. 그때 책을 보는 것이다.

그러니까 쉽게 생각하면 누워서 소설책을 읽는 것과 같다. 신문도 누워서 보는 경우가 있지 않은가. 이제 신문이나 소설책이 있었던 그 자리에 수험서가 대신 자리를 차지하는 것이다. 그러니까 읽는 대상만 바뀐 것이다. 이렇듯 잠자기 전의 짬짬이 시간도 활용해야 한다.

짬짬이 시간만 나면 수험서를 읽어야 한다. '떨오기공부법'은 외우는 것이 아니라 자동 암기가 목표다. 자동 암기는 아주 쉽다. 자주 읽으면 될 일이다. 마치 소설책을 본다고 생각하라. 물론 재미는 없겠지만 비문학을 읽는 기분으로 시간만 나면 들고 있으면 된다.

짬짬이 시간에도 손에 들려 있어야 하겠지만, 잠이 드는 그 순간까지도 손에 들려 있어야 한다. 그러고 보면 '떨오기공부법'은 따로 공부 시간이 정해진 것이 아니다. 매 순간이 공부 시간 된다. 공부하겠다고 일부러 책상에 앉지 않아도 공부는 얼마든지 할 수 있다.

짬짬이 공부가 효과가 있을까 싶겠지만 그 효과는 실천해보면 알게 된다. 무엇이든 자신이 직접 경험을 해봐야 이해가 된다. 짬짬이 공부를 실천하면 공부 시간이 확 늘어나는 기분이 들 것이다.

잠자기 전 10분 정도의 시간을 공부 시간으로 확보하는 것이고, 중간중간 쉬는 시간에도 짬짬이 공부 시간으로 확보하는 것이다. 그러니 공부 시간이 확 늘어난다는 것이 맞는 이야기가 된다.

반드시 짬짬이 공부를 명심해야 한다. 그리고 그 효과는 시험장에 가서 시험지를 받는 순간 확인할 수 있다.

다음으로 틈새 수면을 이야기해야겠다. 틈새 수면이라는 것은 졸릴 때는 10분에서 15분 정도 잠깐 잠자는 것이다. 이때 조심해야 할 것이 틈새 수면이라는 것을 잊어서는 안 된다는 것이다. 10분에서

15분을 넘는 수면은 틈새 수면이 될 수 없다. 위에서 말했듯이 공부는 참 묘하고, 간사하다. 조금이라도 틈을 주면 안 된다. 틈새 수면 역시 마찬가지다. 조금 더 자는 것이 뭐 그렇게 대단하다고 호들갑이냐고 볼멘소리를 하고 싶겠지만 공부에 대해서 잘 모르고 하는 소리다.

만약 15분이 넘는 틈새 수면은 잘못하다가는 그날 하루 공부를 망치는 수가 있다. 그 작은 틈새로 바로 오늘은 쉬고 싶다는 생각이 들어오기 때문이다. 이 생각이 들어왔다면 그때부터 집중력은 현저하게 떨어져 버린다.

집중력이 없는 공부는 효율적인 면에서도 아주 좋지 않다. 그러니 알람을 맞추고 자야 한다. 알람을 맞추기가 어렵다면 책상에 엎드려서 자면 된다. 엎드려 자면 팔이 아파서라도 길게 잠을 잘 수가 없다. 팔이 아파서라도 일어나게 되어있다.

만약 틈새 수면을 하려고 했는데 10분에서 15분 만에 잠이 안 들었다면 15분 동안 엎드려 있었던 것만으로도 어느 정도 피곤은 풀린 것이다. 이것을 가짜 수면이라고 한다. 가짜 수면도 피곤을 풀기에 상당한 효과가 있다. '가짜 웃음도 웃는 것과 같다' 라는 보고가 있듯이 가짜 수면 역시 효과가 있다. 그러니 억울해하지 말고 일어나서 다음 공부를 준비해야 한다.

02 _ 마음이 달아나지 않게 붙들어야 한다

시간 활용법에 대한 구조를 알게 된 나는 일단 새벽 시간부터 계산하기 시작했다. 왜냐하면 '또나선생님'은 최고의 골든타임인 새벽 공부 2시간이 합격이라는 마지막 문을 통과하게 하는 지름길이라고 했기 때문이다. 그만큼 새벽 공부 2시간은 '떨오기공부법'에서는 중요한 것이었다. 이제 기초 수업의 마지막이라고 말하는 '떨오기공부법'의 새벽 공부와 시간 활용하는 방법은 내게 굉장히 유용했다.

그러나 아직 시작되지 않은 공부는 여전히 동굴 속에서 헤매는 기분이었고, 동굴 속에 갇힌 기분이었다. 도대체 이 도전이 성공할 수 있을 것인지, 아니면 이렇게 호들갑만 떨다가 끝나버릴 것인지 불안했다.

다른 사람들은 아무것도 도전하지 않으면서도 행복하게 살아가고 있는 것처럼 보였다. 그런데 유난히 나 혼자만 호들갑을 떨고 있는 것처럼 느껴졌다. 그러나 다른 사람과 비교하면 지금이 기준이 될 수밖에 없었다. 지금밖에 보이지 않기 때문이다.

그러나 내가 비교하고 싶은 것은 지금이 아니었다. 다가올 미래, 꿈이 보이는 미래였다. 그러기 위해서는 남들과 비교하는 것이 아니라 오직 나 자신과 비교해야만 했다.

어제의 내가 아닌 오늘의 내가 필요하고 내일의 내가 필요했다. 그렇지만 하나의 자격증이 아닌 두 개의 자격증 도전이라는 것은 내가 생각하기에도 황당하고, 어이없기까지 했다.

처음이라는 이름은 '혼돈' 그 자체였다. 그리고 처음 도전하는 것은 모두 황당한 것이라는 생각도 들었다. 처음부터 끝을 알 수는 없기 때문이다. 그래서 자라는 아이들의 미래는 미지수고, 그들이 가진 잠재력이 간혹 궁금해지는 것과 같은 것이었다. 그러니 처음에 필요한 것이 단단한 의지, 곧 열정이라고 생각했다.

도전하는 것마다 척척 해내는 사람들을 보면 부럽기 짝이 없었다. 간혹 텔레비전이나 신문에 소개되는 꿈을 이룬 사람들의 모습은 부러움 그 자체였다. 그들에게는 도전하는 것마다 성공할 수밖에 없는 아이콘이 유전자 속에 새겨진 것은 아닌지 궁금했다.

그러나 '그들에도 처음은 있었을 거야'라고 생각하면 위로가 되기도 했다. 그러니 누구나 처음이라는 낯선 시간을 마주해야 한다고 생각하면 위로가 되기도 했다. (바로 앞 문장과 중복) 나 역시 지금은 처음이라는 출발선 앞에서 긴장하고 있다. 아니 이미 출발선은 넘은 것이지만 여전히 주저되는 마음은 아직 처음이라는 출발선을 넘지 못하고 있었다.

현재 내가 사용하고 있는 시간은 저녁이나 아침이나 큰 차이가 없었다. 저녁형도 아니고 그렇다고 아침형도 아니었다. 그저 적당한 거리를 두고 중간 형태를 띠고 있었다. 그러나 이제 새벽형으로 바꾸어야 했다. 새벽에 공부할 2시간을 반드시 확보해야 했다. 그리고 그 새벽 시간을 확보하기 위해서 열심히 시간을 계산했다.

그때, '또나선생님' 이 말을 꺼냈다.

"어때, 새벽 공부 시간 계산이 되는 거야?"

'또나선생님' 을 만나니까 동굴 속에 갇힌 느낌이 생각나서 괜스레 볼멘소리를 하고 싶었다.

"꼭 새벽 공부여야 합니까? 뭐 공부를 하려고 한다면 밤에도 충분할 것 같은데요."

"왜 새벽 공부를 해야 하는지 이미 설명했잖아. 너 혹시 바보 아니야?"

'또나선생님' 역시 날카로운 대답으로 나를 당황스럽게 했다.

"네? 바, 바보라고 하는 건 좀…."

"이미 다 설명한 것을 다시 묻는 것은 스스로 바보라고 말하는 것 아니야? 너는 그만큼 경솔한 거고, 시간만 생기면 어떻게 해서든지 공부에 성공하는 방법하고는 멀어지려는 생각만 하잖아."

"공부 방법하고 멀어진다고요?"

"그래. 너는 그동안 실패할 수밖에 없는 공부법에 이미 익숙해져 있었거든."

"실패할 수밖에 없는 공부법이라니…, 아니, 그러니까…."

"네가 이미 익숙해져 있는 공부법으로 공부를 한다면 이번에도 두 개 자격증에 합격하기란 어려워. 아니, 한 개 자격증도 힘들어. 그러나 그걸 개선하는 방법이 있어."

"어떻게요?"

"우선 새벽 공부 시간은 반드시 확보해야 해. 그리고 '떨오기공부법'을 잘 따라 하기만 하면 돼. 공부 시간도 들쑥날쑥하면 안 돼. 그러니까 오늘은 저녁 늦게까지 공부했다가, 다음날은 새벽에 공부했다가 하면 안 된다는 거야. 항상 일정한 시간에 공부해야 해. 잠자는 시간도 마찬가지야. 일정한 시간에 잠자리에 들고 항상 그 시간을 지켜야 해. 공부하는 시간이 고무줄처럼 늘어났다가 줄어들었다가 하면 안 된다는 것을 말하는 거야."

"어차피 공부했던 평균 시간은 같아질 건데요?"

"그렇게 생각할 수 있어. 그러나 마음이 문제인 거야. 언제나 다스리기가 어려운 것이 마음이라고 했잖아. 마음이 고무줄처럼 늘었다, 줄어다 하는 시간을 점점 공부하기 싫은 마음으로 달아나고 싶어 하거든."

"마음이 달아나요?"

"일 년이라는 시간은 짧다고 느낄 수도 있지만 그렇지 않아. 상당한 시간이야. 생각해봐. 봄에는 꽃이 피고, 나른한 하루가 시작되고 할 텐데 가만히 있어도 마음이 달아나려고 한다는 거지. 여름은 또 어때? 더위와 싸우면서 자신을 이기기란 여간 어려운 일이 아니야. 가을이 되면 이제 겨우 달아나려는 마음을 붙들고 공부하려고 해도 이미 시험이 가까이 다가와 있게 돼. 그러니 마음이 불안해지면서 조급해지는 거야. 불안하고 조급한 마음으로 공부가 된다는 것이 더 이상한 일이야. 불안하고, 긴장되고, 조급해진 마음으로는 공부해도 효과가 전혀 없는 것은 당연한 일이야. 그러니까 일 년을 견딘다는 것은 곧 마음을 다잡는 일이라고 할 수 있어."

"그러니까 항상 일정한 시간에 꾸준히 공부하면 마음이 갈팡질팡하지 않는다는 겁니까?"

"바로 그거야!"

이제 새벽 시간을 계산하는 것은 필수였다.

'7시에 아침 식사를 준비해야 하니까 5시에 일어나야겠네. 아니지, 오로지 공부하는 데 2시간이 필요하다고 했어. 그렇다면 일어나자마자 공부할 수는 없으니까 준비하는 시간이 필요하지. 그러면 4시 40분에 일어나서 20분은 준비하는 시간으로 하고 본격적인 공부는 새벽 5시부터 7시까지 하면 되는 거야.

좋아! 한번 해보는 거야. 일 년 동안 마음이 달아나지 않게 붙들어보는 거야. 그래, 나는 할 수 있을 거야. 나는 반드시 할 수 있다.'

일 년 동안 마음이 달아나지 않게 공부 시간을 철저하게 지켜야 했다. 짬짬이 공부도 최대한 활용해야 했다. 나로서는 강의를 하기 때문에 중간에 쉬는 시간 10분 정도가 짬짬이 공부로 활용할 수 있는 시간이었다. 그런데 쉬는 시간 10분을 모으니까 하루에도 상당한 시간으로 공부하는 데 도움을 주었다.

물론 10분으로 얼마나 공부가 될까 싶었지만 그래도 짬짬이 공부를 실천해보면 그 효과를 알 수 있다는 '또나선생님'의 말은 사실이었다. 그러기 위해서 책도 나누었다는 '또나선생님'의 말에 따라 짬짬이 공부와 잠들기 전 시간을 최대한 활용했다.

그리고 내게는 오후에 2시간이라는 황금시간이 있었기 때문에 이래저래 7시간은 충분히 공부하는 데 쓸 수 있었다. 물론 식사 시간까지 줄이면 하루에 7시간 30분은 공부 시간으로 확보할 수 있었지만 먼저 7시간을 목표로 잡고 '떨오기공부법'을 실천하기로 결심했다.

처음, 공부할 시간을 계산할 때에는 많아봤자 5시간 30분이었는데 갑자기 새벽 공부 시간이 더해지니까 이제 공부할 시간은 7시간으로 늘어나 있었다. 그러고 보면 '또나선생님'이 말했듯이 시간을 만드는 것도 자신이고, 시간을 쓰는 것도 자신이라는 것이 맞는 말이었다.

시간은 자신이 목표하는 것이 있고, 그 목표를 향해 도전만 하면 무조건 따라와 준다는 것도 실감이 났다. 그도 그럴 것이 5시간 30분도 어렵게 공부 시간이라고 모았는데 정작 공부를 하려고 시간 계산을 하니까 7시간이 확보된 것이다. 하루에 7시간씩 일 년을 계산하니 상당한 시간이었다. 즉 시간이 꿈을 위해서 도전하는 나를 따라온 것이다.

이제 시간에 대한 계산은 끝났다. 새벽 공부 2시간, 오후 공부 2시간, 저녁 공부 2시간, 짬짬이 공부 1시간이었다. 기본서와 문제집도 준비가 됐고, 기본서는 조각조각 나누어서 책상 위에 단정히 자리를 차지하고 있었다. 그리고 여유 공간이 많은 책상 달력도 준비해서 책상 한쪽에 잘 놓아두었다. 공부할 수 있는 시간도 이미 계산이 끝난 상태였다.

지금까지는 '또나선생님'이 시키는 대로 잘 따라왔다. 그리고 앞으로도 무리 없이 '또나선생님'의 과외수업을 꾸준히 실천할 계획이었다. 그것은 정성을 다해야 기적을 가져오는 행운을 누릴 수 있다고 생각했기 때문이다.

그리고 꿈을 바라보면서 도전하더라도 분명히 어려움이 있을 거라는 예상도 했다. 그러나 어려움에 주저앉지 않기 위해 더 열정을

쏟아야 한다는 다짐도 빠뜨리지 않았다. 오늘의 다짐을 단단히 마음
에 새기면서 이제 본격적인 공부를 위한 준비를 끝낸 것이다.

PART

02

∎

'떨오기공부법'을 알면
누구나 공부의 신이 될 수 있다

❝

생각이 너무 많아도 실패할 수 있어.
그러니 너는 무조건 행동해.

❞

생각은 내 몫, 행동은 네 몫이다

내가 도전하는 자격증 시험은 두 가지였기 때문에 우선 공부해야 할 것은 당연히 제일 먼저 치르는 시험과목이었다. 먼저 공부해야 하는 수험서는 앞으로 가져오고, 뒤에 공부해도 되는 수험서는 책장으로 자리를 옮겨서 정리했다.

수험서 정리는 사소한 것이었지만 이 사소한 것이 마음을 다잡는 또 다른 기회가 되었다. 그러니 공부는 사소한 일상에서도 시작이 되었다. 수험서 정리만으로도 내가 합격할 것 같은 상상이 되었고, 그 작은 상상 속에서 마지막 합격의 문을 통과하게 될 거라는 아직은 근거 없는 생각이 들기도 했다.

이미 시간은 계산이 되었기 때문에 이제 공부를 시작하기만 하면 될 일이었다. 공부에 대한 두려움은 아직도 그대로였지만 그래도 마음속에서는 각오가 대단했다. 그리고 뭐 얼마나 어렵겠나 싶은 안일한 생각도 들었다. 하지만 안일한 생각을 후회하기까지는 그리 많은 시간이 걸리지 않았다.

　이렇듯 부지런하게 주변을 정리하고, 공부할 시간도 다시 꼼꼼히 챙기고 있는데 '또나선생님' 이 말을 걸었다.

　"우리가 목표하는 시험은 일 년이라는 시간이 필요해. 일 년이라는 시간은 생각하기에 따라 다르지만 적은 시간은 아니야. 물론 두 개 자격증을 동시에 준비하기에는 많이 부족하기는 하지만. 그러니 일 년을 버티기 위해서는 아무래도 체력적으로 무리가 없어야 해. 그런데 네 체력으로는 일 년을 버티기가 아무리 생각해도 어려울 것 같아. 그리고 조그마한 자투리 시간까지 모두 활용하면서 쉬는 시간이 거의 없는 것도 체력을 소모하기 때문에 앞으로는 날마다 30분 정도는 걸어야 해. 빠르게 걷는 것 알지?"

　"네? 걸어요?"

　"그래. 걷는 거야. 네가 공부하는 동안 많은 도움이 될 거야."

　"아무래도 체력적으로는 도움이 되겠지만…."

　"체력이 버텨줘야 공부도 할 수 있어. 체력이 버텨주지 못하면 아무리 공부를 하고 싶어도 그것은 마음뿐이야. 그러니까 체력은 아주 중요해. 그래서 걸어야 하는 거야. 이것은 네가 직접 경험해보면 그 효과가 굉장하다는 것을 알게 될 거야. 그러니 시험을 치르는 전날까지는 무조건 걸어."

"생각해볼게요."

"아니야. 생각은 내가 할 테니까 너는 무조건 내가 시키는 것은 그
대로 행동하면 되는 거야. 생각이 너무 많아도 실패할 수 있어. 그러
니 너는 무조건 행동해."

"…."

"네가 지금 공부하려고 하는 자격증은 두 개나 된다는 것을 잊으
면 안 돼. 그리고 그 시험들은 어려운 시험들이야. 그런 시험을 도전
하려면 체력을 반드시 챙겨야 해. 당장 내일부터 걸어야 한다는 것
을 기억해. 반드시 걸어야 해. 하루에 30분은 걸어야 해. 이것은 최
소의 시간이야. 하루 30분이면 좀 적다는 생각이 드는데 그래도 워
낙에 시간이 얼마 없으니까 어쩔 수 없어. 내가 최소로 생각한 것이
30분이야. 그러니까 많이 힘들지는 않을 거야." "네…."

생각해보니까 '또나선생님'의 말이 맞는 것 같았다. 그래서 언제
걷기를 하면 좋을지 다시 시간표를 계획했다. 이리저리 생각해도 시
간을 나누기가 어려웠다. 고민 끝에 아침 출근 시간을 이용하기로
했다. 아침 출근을 최대한 서두르면 거기에서 30분쯤 여유시간을 낼
수도 있을 것 같았다. 최대한 빨리 걷는다면 25분 정도로도 좁힐 수
있다는 생각도 들었다. 그래서 매일 아침 출근 시간에 걷기를 시작
했다.

그리고 며칠이 지났다. 강추위에 아침부터 걷는다는 것은 보통 인내를 가지고는 힘들었다. 옷을 두껍게 입어도 아침 추위는 낮 추위와는 또 달랐다. 온몸이 추위에 꽁꽁 얼어버리는 느낌이었다. 한파가 몰려온 어느 겨울 아침 출근 시간, 나는 '또나선생님'을 부르며 중얼거렸다.

"오늘은 좀 쉬어야 할 것 같습니다. 이러다 감기 걸리면 그것이 더 손해입니다. 어제도 날씨가 추워서 감기에 걸린 것 같아요."

그러자 '또나선생님'은 말했다.

"아니지. 추운 날씨 때문에 걷는 것이 힘들기는 하지만 그래도 걸어야 네 체력을 챙길 수 있어. 쉬면 안 돼. 마음이라는 것은 너무 영악해서 힘든 것을 만나면 달아나려고 한다고 이미 말했잖아. 오늘 쉬고 나면 내일도 쉬고 싶고, 다음 날도 쉬고 싶을 거야. 그러면 겨우내 쉬고 싶은 마음과 싸워야만 하잖아. 무슨 일이든지 결정을 했으면 그 결정을 벗어나는 일은 만들지 않아야 해. 이미 말했듯이 내 마음이지만 내 마음대로 안 되기 때문이야. 그러니까 오늘도 걸어. 쉬면 안 돼. 계속 쉴 수밖에 없는 이유가 생각나기 때문이야. 어쩔 수 없어. 시험이 끝날 때까지는 마음을 혹독하게 훈련하는 것도 네가 해야 하는 공부 중의 하나야. 혹독한 겨울을 견디며 걷고 나면 봄부터는 훨씬 쉬워질 거야. 사실은 추운 날씨도 문제지만 더 큰 문제는 네 안에 있어. 조금만 힘들면 뒷걸음치는 너 스스로가 최대 적인 거야. 최대 적인 너 자신을 이기기 위해서라도 반드시 걸어야 해. 시험 보는 전날까지 무조건 걸으면서 끝까지 버티는 거야. 그러면 결국은 성공할 거야.”

'또나선생님'의 혹독한 과외수업 앞에서는 할 말이 없었다. 그냥 무조건 따라야 했다. 처음부터 내 생각은 아무 소용이 없었다. 나는 무조건 '또나선생님'의 과외수업을 행동으로 옮기기만 하면 될 일이었다.

깊은 한숨을 내쉬면서 나는 서둘러 집을 나섰다. 칼바람이 불어왔다. 칼바람과 정면으로 맞서서 총총 걷기 시작했다. 칼바람이 얼굴과 온몸에 닿을 때마다 도대체 이게 무슨 사서 고생인가 싶고 마음속에서 짜증이 스멀스멀 올라오고 있었다.

'이렇게 추운 날 굳이 걸으라는 것이 말이 돼. 진짜 인정도 없어. 옆을 봐. 아침 댓바람부터 걷는 사람이 어디 있어. 아이고, 나만 걷잖아. 하기야 걸으라고 걷는 내가 더 바보지.'

'도대체 겨울이 다 끝날 때까지 걸어야 한다니 보통 일이 아니다. 그렇다고 '또나선생님' 말을 안 들을 수도 없고. 꼼짝없이 겨우내 걸어야 한다는 건데 이 일이 보통 일이 아니네. 공부하는 것보다 이게 더 힘들 것 같아. 한숨이 절로 난다.'

벌써 공부하겠다고 도전한 게 후회가 되었다. 그러고 보면 공부는 아직 시작도 안 했는데 후회가 먼저 찾아왔다. 지금까지 경험으로도 뭐든지 도전하려고 하면 제일 먼저 찾아오는 것이 후회였다. 그러나 이번에는 공부를 아직 시작도 하지 않은 채 후회를 먼저 하고 있었던 다른 때와 달랐다.

이런저런 생각을 하고 있는 것을 아는지 모르는지 칼바람은 더욱 거세게 불어왔고, '또나선생님'은 아무 말이 없었다.

이렇게 시작된 걷기는 추운 겨우내 나를 괴롭히더니 날씨가 서서히 풀리면서 좀 나아졌다. 그리고 봄이 되었고, 봄에는 걷는 것이 한결 편해졌고 때로는 아침 걷기를 즐기기도 했다. 무더운 여름도 힘들기는 했지만 그래도 혹독한 겨울을 걸었던 경험이 있었기 때문에 오히려 여름이 더 괜찮았다. 가을은 걷기에 최고의 계절이었다.

하루도 쉬지 않고 출근하는 날이면 어김없이 걷기 시작한 것이 시험이 있기 전날까지 걸었다. 처음 걷기와 다르게 시간이 흐를수록 걷는 것이 즐거웠다. 걸을수록 기분이 더 상쾌해지면서 정신이 맑아지는 느낌이었다. 아침부터 기분이 상쾌하고 정신이 맑아진 덕분에 공부하는 동안 내내 좋은 컨디션을 유지할 수 있었다.

그래서였을까? 시험을 치르는 날까지 체력이 말없이 버텨주었다. 지금 생각하면 '또나선생님'의 말을 실천하기를 잘했다는 생각이 든다. 만약 걷지 않았다면 어려운 공부를 다 해 낼 수 있었을지 자신이 없다. 체력은 공부만큼이나 중요했다.

'또나선생님' 의 '떨오기공부법'
과외수업 – 5교시

---

01 _ 공신은 공신의 방법이 있다

여기까지가 공부를 위한 준비였다. 이제 준비는 끝이 났다. 지금부터는 본격적으로 공부를 해야 한다. 하지만 본격적인 공부를 하는 것에도 몇 가지 규칙이 있다. 결국, 공신은 공신의 방법이 있다.

첫째 – 공부해야 하는 과목은 동시에 같이 시작해서 같이 끝낸다.
둘째 – 문제집 내용은 기본서로 옮긴다.

'떨오기공부법' 은 시험과목을 따로따로 공부하지 않는다. 무슨 말이냐면 제일 먼저 시험을 치러야 할 과목이 몇 과목인지 살펴봐야 한다. 어떤 시험은 하루에 3과목 정도를 시험 보기도 하고, 어떤 시험은 하루에 6과목까지 시험을 치르게 된다.

이때 3과목을 시험 봐야 한다면 3과목을 동시에 같이 시작해서 동시에 같이 끝내는 것이다. 마찬가지로 6과목을 하루 동안 동시에 시험 본다면 마찬가지 6과목을 동시에 같이 시작해서 동시에 같이 끝내는 것이다.

한 과목을 먼저 끝낸 뒤 다른 과목을 공부하는 것이 아니다. 오늘 1과목을 10페이지 정도 진도를 나갔다면 다른 과목도 10페이지를 같이 나가야 한다. 즉 같이 시작해서 같이 끝내는 것이다.

그래야 한 과목 진도가 끝났을 때 다른 과목을 공부해야 하는 막막함이 없다. 한 과목을 아무리 열심히 공부하고 있더라도 아직 공부하지도 않은 과목이 있다면 부담감이 짓눌러 온다. 그러므로 공부하지 않은 남는 과목 때문에 부담이 생기지 않게 해야 한다.

아직 공부하지 않은 남는 과목이 공부하고 있는 과목보다 더 많이 남아 있다면 막막함 때문에 중간에 포기하기 쉽다. 반대로 공부를 끝낸 과목이 아무리 많아도 아직 손도 안 댄 과목이 한 과목이라도 고스란히 남아 있다면 역시 지치는 마음은 마찬가지다.

이것은 스스로를 지치게 만드는 족쇄와 같은 역할을 한다. 그러므로 하루에 치르는 시험 과목은 반드시 같이 진도를 나가야 한다. 그래야만 지치지 않을 수 있다. 그리고 동시에 같이 진도를 나가게 되면 그만큼 공부를 크고, 넓게 시작한 것이 된다. 공부를 시작하면서 크고, 넓게 시작하면 그만큼 성공하기가 더 쉽다.

그리고 진도가 3분의 1만 넘어서도 동시에 같이 진도를 나갔으니 공부한 양이 상당히 많아진다. 이것은 공부를 포기하고 싶을 때 지금까지 공부했던 것이 아까워서라도 포기하지 않게 한다. 그뿐만 아니라 다시 시작해야 하는 과목이 없으니까 부담 역시 없다. 부담이 없다는 것은 공부하는 동안 큰 장점이 되고 도움이 된다.

잘못된 공부 방법 하나가 한 과목씩 공부하는 것이다. 예를 들어 하루에 치러지는 시험 과목이 5과목이라면 1과목부터 공부하기 시작해서 그 과목을 다 끝내고, 다른 과목을 또 시작한다. 그러면 한 과목을 공부한다고 하더라도 적어도 1주일에서 2주일 이상 걸리게 된다. 이것도 가장 최소로 생각했을 때 이렇다는 것이지 보통 2주 정도 걸린다.

그러나 여기에서 기억해야 할 것은 공부는 길어지면 지친다는 것이다. 처음에 시작한 과목이 공부하는 데 2주가 걸렸다면, 두 번째 과목은 2주보다 더 많은 시간이 걸린다. 세 번째 시작하는 과목은 말할 것도 없다. 이런 잘못된 공부 방법으로는 공부를 포기할 수밖에 없게 만든다. 만약 이렇게 5과목을 끝내고 나면 처음에 공부한 과목은 아예 생각이 나질 않는다.

사람들 대부분은 공부를 시작하면 첫 열정이 당분간은 유지된다. 예를 들어 일 년이라는 수험 기간이 주어지면 대부분 4개월까지는 첫 열정이 유지된다. 그러나 5개월째부터는 서서히 지치기 시작해서 6개월 정도 되면 포기하는 사람이 많아진다. 그러므로 모든 공부는 첫 열정이 유지되는 4개월 안에 끝내야 한다.

4개월도 2개월, 2개월로 나누어서 첫 2개월 안에 진도를 모두 끝내야 한다. 그리고 나머지 2개월 동안은 시험을 당장 보러 간다고 하더라도 합격할 수 있도록 완벽하게 시험 준비가 되어야 한다.

그러니까 수험 기간은 시험을 보는 그날까지가 아니다. 단 4개월이 수험 기간이다. 4개월 후에는 시험을 봐야 한다고 생각하면 된다. 지금부터 1년 후에 시험을 치르게 된다고 생각하면 방심하게 되고, 공부에 긴장감이라고는 없다. 이것은 곧 공부가 어렵다고 생각되는 환경을 만나면 거침없이 포기하게 된다.

그리고 나면 5개월째부터는 시간이 오히려 남게 된다. 5개월째부터는 지금까지 했던 공부를 다시 점검하면서 혹시 놓치는 부분이 없는지를 확인하면서 공부를 맘껏 즐기면 된다. 실제로 이때부터는 수험서를 소설책 읽듯이 꼼꼼히 읽을 수 있다. 시간이 남는다고 놀 수는 없는 노릇이기 때문에 어차피 책이라도 보고 있게 된다. 그런데 이미 시험을 봐도 될 정도로 실력을 갖추고 있기 때문에 아무 부담이 없다. 이것은 '떨오기공부법'이기 때문에 가능한 것이다.

그러나 공부를 시작하고 4개월까지는 혹독한 방법으로 공부가 이어진다. 그렇지만 4개월만 견디면 된다. 다행히 4개월까지는 열정이 유지된다는 것이 큰 장점이면서 '떨오기공부법'의 장점이 되기도 한다. 이쯤 되면 공부가 쉽게 느껴지기 시작한다.

그리고 한 과목만 붙들고 공부하게 되면 가장 큰 단점이 안일한 생각이 든다는 것이다. 오늘 정해진 양을 다 못 끝냈을 때도 내일 좀 더 많이 하면 되겠지 싶은 마음이 찾아온다는 것이다. 그러니 한 과목을 가지고 시간만 질질 끌면서 아까운 시간만 낭비하는 꼴이 된다. 그러므로 한 과목씩 끝내는 것은 그날그날 끝내야 하는 계획을 차일피일 미루는 결과를 가져온다.

두 번째로 기억해야 하는 것은 문제집이다. 강의가 끝날 때마다 반드시 그 단원에 해당하는 문제를 풀고 다음 강의를 수강해야 한다. 문제집을 강의가 끝날 때마다 바로 풀어야 내용 이해가 더 쉬울 뿐 아니라 오래 기억된다.

루이빌 대학의 심리학자 라일(Keith Lyle) 교수는 학생들을 두 반으로 나누었다. A반 학생들에게는 강의가 끝날 때마다 4~6문제 정도의 짧은 시험을 보게 했다. 반면 B반 학생들에게는 강의만 듣게 하고 짧은 시험은 보게 하지 않았다.

한 학기가 끝나갈 때쯤 교수는 두 반 학생들의 성적을 비교해 보고 깜짝 놀랐다. 수준이 비슷한 학생들의 성적이 한 학기 만에 점수 차이가 많이 벌어졌기 때문이다. 강의가 끝날 때마다 짧은 시험을 치른 학생들의 성적이 시험을 치르지 않은 학생들보다 훨씬 높았다.

이 실험에서 알 수 있는 것은 장기적으로 오래 기억하고자 한다면 문제를 그때그때 푸는 것이 훨씬 유리하다는 것이다.

그러나 여기에서 기억해야 할 것은 문제집은 한 권이면 충분하다는 것이다. 문제를 많이 푼다고 해서 시험을 잘 보는 것은 아니다. 한 권이라도 정확하게 풀면 더이상 필요하지 않다.

문제집은 어디까지나 공부를 위한 보조 자료다. 지금까지 어떤 형태로 시험에 출제됐는지를 보여주는 자료일 뿐이다. 그리고 이번 시험에서 어떤 문제가 어떻게 출제될지 예상할 수 있게 할 뿐이다.

문제집에 있는 문제가 시험에 그대로 나오는 것은 아니다. 시험은 기본서에서 출제된다. 문제집에서 출제가 되는 것이 아니다. 괜히 이것저것 기웃거리다가 시간만 낭비하는 일이 없도록 해야 한다.

문제를 풀 때는 딱딱한 기본서를 보고 있는 것보다 더 재미있을 수 있다. 그러나 기억해야 할 것은 문제집에서는 이번에 시험을 보게 될 문제는 출제되지 않는다는 것이다. 문제집은 말 그대로 문제 출제 유형만 보여주는 것이다.

단 기본서에 없는 내용이 문제 지문에 나오는 경우가 있다. 이것은 기본서로 옮겨 적어야 한다. 그러니까 기본서 내용을 공부했다면 반드시 그 단원에 해당한 문제집을 같이 풀어야 한다. 예를 들어 A라는 과목을 10페이지 공부했다면 문제집에서 10페이지에 해당하는 내용이 문제로 나와 있는 부분을 풀어야 한다. 그러면 기본서에 있는 내용이 거의 지문으로 나와 있을 것이다.

그러나 기본서에는 없는 내용이 문제 지문에는 있는 경우가 종종 있다. 이런 지문은 시험에 출제율이 낮아서 기본서에서 다루지 않은 것이다. 그러나 출제율이 낮다고 해서 그 문제 지문을 소홀히 하면 안 된다. 그 지문이 이번 시험에서는 출제될 수 있다는 생각을 해야 한다.

이런 지문은 기본서 제일 위 빈 여백으로 옮겨야 한다. 빈 여백에 번호를 써서 문제집에서 왔다는 표시를 하면서 옮겨 두어야 한다.

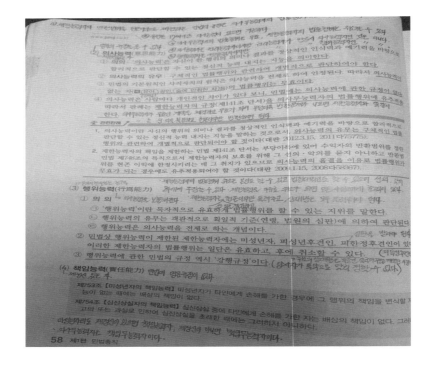

문제집에서 옮겨 적은 지문은 기본서를 반복할 때마다 읽을 것이다. 그러므로 글씨도 또박또박 가지런하게 써야 한다. 그렇지 않으면 반복할 때마다 읽기가 싫어진다. 반복할 때마다 짜증이 올라올 수 있기 때문에, 기본서 정리는 또박또박 잘해야 한다.

이때 여러 색의 볼펜을 사용해서 정리하지 않아야 한다. 한 가지 색이나 많으면 두 가지 색으로 정리해야 한다. 여러 색이 기본서 위에서 펼쳐지면 반복할 때마다 정신이 혼란스러울 수 있기 때문이다.

반드시 기억하자. 문제집에만 있는 지문은 반드시 기본서로 옮기고, 기본서에 있는 지문은 옮기지 않는다.

이렇게 옮겨 둔 지문들은 시험이 끝날 때까지 계속 공부하게 된다.

기본서는 시험공부를 위한 핵심 중의 핵심이다. 그러니 시험이 끝날 때까지 한 몸처럼 같이 움직일 것이다. 이런 기본서가 지저분하게 정리가 된다면 공부할 때마다 지저분한 글씨 때문에 힘이 든다.

반드시 바르게 잘 정리해야 한다는 것을 기억하자.

이렇게 정리가 끝난 문제집은 더이상 필요치 않다. 문제집은 한 번 푸는 것으로 충분하다. 그리고 문제 감각을 유지하기 위해서는 기본서의 단원이 끝날 때마다 제시되고 있는 5문제 내외의 문제면 충분하다. 왜냐면 기본서에는 없고, 문제집에만 있었던 내용은 기본서로 옮겨 둔 상태이기 때문이다.

'떨오기공부법'은 기본서로 옮겨진 문제 지문은 시험이 끝날 때까지 최소 30번 이상은 반복해서 읽을 것이다. 옮기지 않은 문제 지문은 기본서에 있고, 기본서에 없었던 지문은 옮겨 놨다. 기본서 내용과 옮겨진 내용은 시험이 끝날 때까지 최고 30번에서 50번은 읽기를 반복한다면 이것은 기본서도 반복해서 공부하는 효과가 있지만, 문제집도 같이 반복하는 효과가 있다. 결국, 기본서와 문제집을 동시에 30번에서 50번을 반복한 것이 되기 때문에 굳이 문제를 또 풀 필요가 없다. 그러니 문제집이 더 필요하다는 것이 오히려 이상한 일이다.

잘못된 방법으로 공부하는 사람의 이야기를 해야겠다. 그들은 기본서보다는 문제집에 집중한다. 합격하기 위해서는 문제를 많이 풀어야 된다고 생각한다. 그러나 다시 강조하지만, 문제집에 있는 문제는 시험에 출제되지 않는다는 것을 기억해야 한다. 다만 시험에 어떻게 출제되는지 응용해서 보여주는 것이다.

시험에 출제되는 것은 내용의 근본적인 것을 응용해서 물어본다. 즉 응용된 문제집 내용이 아니라 근본이 되는 내용을 확실하게 이해하고 있다면 어떻게 응용이 되더라도 풀 수 있다.

그러나 근본이 되는 내용은 소홀히 하고, 응용된 문제만 돌아가면서 푼다면 공부가 수박 겉핥기식이 된다. 시험문제는 수박 겉핥기식으로 출제되지 않는다. 근본 내용을 꼼꼼히 챙기고 있어야 한다.

또 이들이 문제집을 기본서보다 더 좋아하는 것은 아무래도 기본서보다 문제집이 더 얇다는 장점이 있기 때문이다. 기본서는 두꺼워서 마음이 자꾸 얇은 문제집을 향해 달려가는 것이다. 그리고 문제를 풀고 있으면 시간도 더 잘 가는 것 같아서 심리적인 만족도 느낀다.

그러나 이런 만족을 느낄 때는 잘 모를 것이다. 하지만 시험장에서 시험지를 마주하는 순간 지금까지의 공부 방법은 잘못된 것이라는 것을 알게 될 것이다.

기억하자. 문제집은 한 권이면 충분하고, 한 번 푸는 것으로도 충분하다. 반드시 공신의 방법으로 어려운 공부를 정복해야 한다는 것을 기억해야 한다.

02 _ 공부를 세상에서 가장 쉬운 것으로 만들 수 있다

드디어 공부가 시작되었다. '또나선생님'의 5교시 과외수업은 공부에 필요한 실제적인 방법들이었다. 또 2개월 만에 모든 과목을 끝내는 공부법이라는 것이 마음에 들었다. 그리고 나머지 2개월은 완벽하게 내 것으로 만들면 되는 것이었다. 그러니까 4개월이면 된다는 '떨오기공부법'은 나를 위한 공부법이라고 할 수 있었다.

왜냐면 나는 야심 차게 시작해도 오랫동안 열정을 유지하는 성격이 아니다. 그만큼 인내에서는 자신이 없다. 내 성격으로 보면 되도록 짧은 시간에 끝내야 한다. 길어지면 안 되는 스타일이다. 시간이 길어지다 보면 포기할 수도 있기 때문이다. 그런데 '떨오기공부법'은 4개월이면 된다고 하니 나로서는 반가울 수밖에 없었다.

먼저 시험 일정을 확인했다. 그리고 동시에 같이 공부해야 하는 과목을 정리했다. 먼저 공부해야 하는 과목은 3과목이었다. 그러니까 3과목을 동시에 같이 진도를 나가서 동시에 같이 끝내야 했다.

새벽 공부 2시간과 오후 공부 2시간은 강의를 듣는 시간으로 새로운 진도를 나갔다. 그리고 나머지 시간은 복습을 했다. 처음에는 복습할 것이 적었기 때문에 진도에 집중할 수 있었다. 그러나 공부가 거듭될수록 복습할 것들이 늘어났다. '떨오기공부법'의 핵심은 복습이었다. 그러니 공부한 양이 많아지면 복습이 오히려 핵심 공부가 되고 진도는 부수적인 공부가 되었다.

그리고 '또나선생님'의 말처럼 강의가 끝나면 문제를 풀고, 옮겨야 할 지문을 옮겨 적었다. 그런데 강사들 대부분은 교과서를 꼼꼼히 읽으면서 수업을 하지 않았다. 그러니 강의를 중간중간 멈추고 기본서 내용을 읽으면서 강의 내용에 밑줄을 그어야 했다. 그러니 50분 강의를 다 듣고 나면 1시간 30분이 넘게 걸렸다. 또 문제를 풀고, 지문을 옮겨 적어야 하는 시간까지 하면 하루 공부 시간이 너무 빠듯했다. 그러나 나로서는 어쩔 수 없는 노릇이었다. 방법이라고는 어떻게 해서든지 시간을 아끼는 것이 최선이었다.

과목은 요일별로 나누어서 진도를 나갔다. 그리고 일주일에 하루 정도는 밀린 진도를 나갔다. 열심히 공부하는 내 모습이 '또나선생님' 마음에도 들었는지 '또나선생님'은 칭찬을 아끼지 않았다.

"대단해! 정말 대단하잖아."

"2개월 만에 끝내려면 어쩔 수 없잖아요. 저는 2개월 그것이 완전 맘에 들어요. 2개월은 참을 수 있거든요."

"아니야. 1개월만 공부해도 그동안 공부한 것이 아까워서라도 계속 공부할 수밖에 없는 것이 '떨오기공부법'이야. 그러니 힘들어도 조금만 참아. 곧 공부가 재밌어질 거야. 그리고 '떨오기공부법'은 공부를 세상에서 가장 쉬운 것으로 만들어 줄 거야. 조금만 힘내."

"네. 새벽 공부 시간에는 진도를 나가고, 오후 시간에도 진도를 나갑니다. 그리고 저녁 시간과 자투리 시간은 복습하고 있습니다."

"그래, 그거 좋은 방법이야. 그러나 여기에서 중요한 것은 복습할 때 무조건 읽기만 하면 된다는 거야. 외우려고 하지 마. 소설책을 읽듯이, 신문 사설을 읽듯이 읽는 거야. '떨오기공부법'은 반복이 최소 30번 이상이 되기 때문에 읽기만 해도 자동으로 암기되는 공부법이거든. 그러니 읽기만 하면 돼. 그래서 내가 공부를 세상에서 가장 쉬운 것으로 만들어 준다고 큰소리칠 수 있는 거야."

"읽기만 하라면 …."

"무조건 읽어. 외우려고도 하지 말고, 이해하려고도 하지 마. 물론 이해를 하고 읽으면 좋기야 하겠지만 이해가 안 되면 지금은 무조건 읽는 방법이 최고야. 읽는 것이 먼저라는 거야. 읽다 보면 이해가 되는 날이 올 거야. 그리고 앞에 있는 내용이 뒤에 유사하게 다시 반복되는 경우가 많아. 그러니 지금은 이해가 안 되더라도 무조건 읽고 있으면 뒤의 내용과 중복되면서 결국에는 이해가 되니까 지금 너무 이해하려고 노력할 필요는 없어. 지금은 무조건 읽으면 되는 거야. 그러나 지금 이해가 안 되는데 이것을 억지로 이해하려고 애를 쓰다 보면 에너지가 너무 많이 필요하게 돼. 그렇게 되면 다른 과목 공부에 피해를 주게 되고, 그날 계획했던 것도 채우지 못할 수 있게 돼."

"이해가 안 되더라도 읽어야 한다는 겁니까?"

"그렇지. 언제까지 이해가 되도록 기다릴 수가 없어. 그러나 신문 사설을 읽듯이 그냥 반복해서 읽다 보면 어느 날 갑자기 이해되는 날이 있어. 너도 그런 적이 있잖아. 예전에는 잘 이해가 안 되던 것이 시간이 지나서 순간 이해가 되는 것들. 바로 그 원리라고 생각하면 돼. 그러니 읽는 것이 먼저고, 이해가 다음이라는 거야."

"이해가 안 되는데 어떻게 외울 수 있습니까?"

"내가 말할 때 도대체 뭘 듣는 거야. '떨오기공부법'은 외우는 것이 아니라고 했잖아. 외우는 것이 아니라 읽는 것이라고 했잖아. 갑자기 칭찬한 것이 후회스럽네. 그냥 읽어. 무조건 읽으라니까. 그것도 소설책이나 신문 사설을 읽는 것처럼 아무 부담 없이 누워서도 읽고, 화장실에 앉아서도 읽는 거야. 무작정 그냥 읽어 두면 시간이 흐를수록 쉽게 느껴지는 것들과 어렵게 느껴지는 것들이 차츰차츰 나뉘게 돼. 그러다 보면 쉽게 느껴지면서 이해가 되는 것은 굳이 외우려고 하지 않아도 자동으로 외워져 있을 거야. 그러면 나중에는 외워지지 않은 내용만 찾아다니면서 집중적으로 그 부분만 복습할 거야. 그래도 안 외워지면 그때 외워도 되니까 절대 지금 외우는 것이 아니야. 이해도 마찬가지야. 이해는 읽는 것이 반복되면 자동으로 따라오게 돼 있어. 네가 지금 해야 할 일은 무조건 읽기만 하면 돼. 즉 읽기가 먼저고 이해와 외우기는 다음이야. 처음부터 이해하는 것이나 외우는 것에 신경을 쓸 필요가 없어. 이제 알아듣겠어?"

"그러면 진즉에 가르쳐주시지 ….."

"여기서 또 중요한 것이 있어. 지금은 공부가 처음 시작되었기 때문에 진도 나가는 데 집중하게 되는 데 앞으로는 진도보다는 복습이 더 중요해. 그러니까 진도 나가는 시간과 복습하는 시간 중, 처음에는 진도 나가는 시간이 많이 필요할 거야. 그러나 진도가 나가면 나갈수록 복습하는 시간이 많이 필요해져서 어느 순간은 진도 나가는 시간과 복습하는 시간이 50%로 같아진다는 거야. 이것은 복습 양이 많아질수록 복습 시간이 더 늘어날 거야. 그러니까 뒤로 갈수록 복습 시간이 전체 공부 시간의 70%까지 차지하게 된다는 거야. 아니 어쩌면 더 필요할 수도 있어. 결국 '떨오기공부법'은 처음에는 진도 나가는데 집중하는 것 같이 보어지만 결국은 복습이 핵심 중의 핵심이 되는 거야. 그리고 처음에 준비한 책상 달력 있지? 거기에다가 하루에 계획한 공부를 기록해봐. 그것도 일주일 단위로 계획을 세워야 해. 일주일 단위가 제일 적당하니까 너무 많은 계획을 세우는 것은 좋지 않아. 그러나 하루 계획한 공부는 반드시 지켜야 해. 그러니까 할 수 있는 양을 계획하는 것이 중요해. 그렇다고 또 너무 적게 계획을 세워서는 안 돼. 이제 책상 달력을 잘 활용해야 한다는 것을 기억하고, 수시로 계획을 점검해야 해."

"그렇지 않아도 책상 달력은 이미 활용하고 있습니다. 그런데 일주일 단위가 아니라 다음 날 공부 계획만 세우고 있었습니다. 다시 수정해서 일주일 단위로 계획을 세워야겠습니다."

"잘하고 있네. 잘했어."

"칭찬을 들으니까 기분이 좋아지는데요."

"조금만 참아. '떨오기공부법'으로 하면 곧 자신감이 생길 거야. 지금처럼 전체 과목을 동시에 같이 공부해야 해. 그러니까 3과목이든 6과목이든 모두 같이 공부해서 같이 끝내야 한다는 거야. 물론 지금 잘하고 있기는 하지만."

"네. 기억하고 있습니다."

'또나선생님'의 '떨오기공부법'
과외수업 – 6교시

___

0 1 _ 정리와 중얼중얼 읽는 것은 하나다

본격적인 공부법으로 더 살펴보아야 할 것이 있다.

첫째 – 강의가 끝난 뒤 기본서를 바로 덮어서는 안 되고, 일어서서
도 안 된다.

둘째 – 머리보다 복습과 반복이 해답이다.

셋째 – 구구단을 외우듯이 기본서를 반복하자.

넷째 – 마지막까지 안 외워진 것은 노트 정리를 활용하자.

다음으로 중요한 것은 덮지도 말고, 일어서지도 말라는 것이다. 인
터넷 강의를 들어보면 강사들의 가르치는 방법은 다양하다. 어떤 강
사는 기본서를 꼼꼼하게 집어가면서 설명하는 강사가 있고, 기본서

는 페이지만 말해주고 설명은 칠판에서 하는 강사도 있다.

이때 기본서를 꼼꼼하게 집어가면서 설명해 주는 과목은 강의를 들으면서 반드시 밑줄을 그어야 한다. 이때에도 자를 대고 반듯하게 그어야 한다. 이것은 복습할 때 최대한 부담을 줄이기 위해서다. 자를 사용하지 않고 비스듬하게 그어 둔 것은 다음 복습부터는 볼 때마다 짜증이 일어나기 때문이다. 그러면 자연히 마음이 그 과목에서 달아나려고 할 것이다.

밑줄 그은 그것이 시험 때까지 복습해야 할 중요한 내용이다. 그러니 밑줄 그은 내용은 그냥 한 번 스치면서 볼 내용이 아니다. 시험을 치는 그날까지 적어도 30번은 넘게 반복해서 봐야 할 내용이다. 그래서 자를 대고 반듯반듯 그어야 하는 이유가 여기에 있다.

볼펜 색도 자극적인 색은 피해야 한다. 눈이 피로하지 않게 적당한 색을 골라서 한 가지 색을 사용하는 것이 좋다. '떨오기공부법'에서는 연필을 권한다. 눈의 피로도 없으면서 가장 무난하기 때문이다.

이때 여러 색을 사용하면 오히려 눈만 피로한 결과를 가져온다. 그리고 복습을 할 때마다 도대체 어떤 것을 먼저 복습해야 하는지 혼란스럽기 때문에 여러 가지 색은 피해야 한다.

다음은, 기본서는 페이지만 말해주고 설명은 칠판에서 모두 하고 다음 페이지로 넘어가는 강사들도 있다. 이때에는 시간이 걸리더라도 다음 페이지로 그냥 넘어가면 안 된다. 강의를 잠시 멈추고 강사가 칠판에서 설명한 내용을 기본서에서 찾아야 한다. 그리고 위에서와 마찬가지로 자로 밑줄을 그어야 한다. 이것은 중요한 것 중에서도 중요한 것이다.

만약 2개월 단위로 강의를 마치고, 다시 강의를 시작한다고 하더라도 '떨오기공부법'은 다시 시작하는 강의는 필요치 않다. 다시 처음부터 시작해서 내용을 내 것으로 만들어야 할 사람은 바로 나 자신이다. 강의만 듣고 있다고 해서 듣고 있는 내용이 내 것이 되는 것이 아니다.

처음에는 내용을 모르고, 어떤 내용을 공부해야 할지 모르기 때문에 강의를 듣는 것이다. 하지만 그 내용을 두 번, 세 번 듣고 있을 필요는 전혀 없다. 이때 다음 개강 때 강의하겠다고 넘어간 단원이 있다면 그 단원들만 찾아서 들으면 된다. 그러니 이미 단원마다 강의가 모두 끝났다면 굳이 다음 개강 때 다시 시작하는 강의는 '떨오기공부법'에서는 아무 소용이 없다.

강의를 듣는 동안 그 강의는 내 것이 되지 않는다. 그것은 강의하는 강사 것이다. 강의를 듣는 것은 내 것으로 만들기 위해서 듣는 것이 아니다. 다시 말하지만, 강의를 듣고 있는 동안은 절대 내 것이 안 된다.

그러므로 강의를 듣는 것은 다만 어떤 내용을 어떻게 공부해야 하는지 방향을 잡기 위해서 강의를 듣는 것이라고 인식을 해야 한다.

그러니 계속 방향만을 잡고 있을 수는 없는 노릇이다. 공부에 대한 방향을 잡기에는 첫 개강을 하고 기본서의 내용이 모두 끝나면 충분하다.

혹시 강의를 듣는 동안 외울 수 있다고 생각한다면 그것은 착각이다. 설령 강의를 듣는 동안 외운 것처럼 느껴지더라도 강의가 끝나고 며칠만 지나면 내 것으로 남아 있는 것은 하나도 없다는 것을 알게 될 것이다.

그러므로 첫 강의가 끝나면 다음부터는 기본서의 내용을 내 것으로 만드는 것이 중요하다. 그 내용이 내 것이 되는 때는 바로 내가 혼자서 공부할 때 내 것이 된다. 그러니 강의 듣는 것에만 집중하면 강의를 듣고 있을 때는 이해가 되는 것 같지만 다음 날이 되면 기억에 남는 것은 거의 없다.

그런 날이 쌓이고, 쌓이다 보면 시험이 코앞에 닥치게 된다. 그러니 강의 듣는 것으로 시간을 낭비하면 안 된다. 공부는 혼자 하는 것이지 강의만 듣고 있다고 해서 내 것이 되는 것이 아니다. 강의를 듣는 것은 한 번이면 충분하다. 내 것이 되는 공부는 원래 나 혼자 할 때 내 것이 된다.

기억하자. 강의는 계속 듣는 것이 아니다. 한 번이면 충분하다. 문제집도 한 번 푸는 것으로 충분했던 것처럼 강의도 한 번 듣는 것으로 충분하다.

반드시 기억해야 할 것은 강의 내용을 기본서에 꼼꼼히 밑줄 그어야 한다는 것이다. 그래야만 반복할 때 어떤 것을 복습할 것인지 알수 있다. 반복할 때 다시 기본서를 모두 읽어야 한다면 시간이 너무많이 낭비된다. 그러니 반복할 때 복습해야 할 내용은 반드시 강의를 들으면서 정리가 되어야 한다.

기본서에 밑줄 긋는 것은 수업 시간에 이루어져야 한다. 잠깐씩 강의를 멈추고 현재 설명하고 있는 페이지를 정리해야 한다. 그리고수업이 끝나면 문제를 풀어야 한다. 기본서를 보면서 풀어야 한다. 아직 내용이 내 것으로 소화가 된 것이 아니기 때문에 기본서를 보면서 풀면 된다.

문제를 풀면서 문제가 맞고, 틀리고는 전혀 중요한 게 아니다. 지금은 어떤 지문이 어떤 식으로 출제가 되었는지 전체적인 문제 틀을보는 것이다. 문제가 맞느냐 틀리느냐가 정말로 중요한 것은 시험장에서다. 시험장에서 실제 시험문제를 맞혀야 한다.

복습하는 과정에서 푸는 문제집은 기본서를 보충하는 역할뿐이다. 그러니 많이 맞았다고 좋아할 것도 안 되고, 많이 틀렸다고 실망할 것도 안 된다. 지금은 그냥 기본서를 보면서 풀면 되는 것에 불과하다.

다음으로 기본서에 없는 내용은 옮겨 적는 것이다. 그러니까 기본서에는 페이지마다 꼼꼼하게 밑줄이 그어져야 하고, 문제집에서 옮겨온 지문이 정리되어 있어야 한다.

이때 중요한 것이 있다. 문제의 지문까지 옮기고 오늘 들었던 내용을 다 정리했다고 바로 책을 덮어서는 안 된다. 책상에서 일어서서도 안 된다. 반드시 잘 정리된 내용을 다시 읽어보고 일어나야 한다. 반드시 두 번은 읽어야 한다. 강의를 듣고, 문제를 풀고, 기본서에 밑줄을 긋고, 문제집에만 있고 기본서에 없는 지문을 기본서로 옮긴 것은 이것을 위한 준비였다.

반드시 마지막으로 그날 공부한 것을 읽고 일어나야 한다는 것을 명심해야 한다. 여기에서 읽을 때 중얼중얼 소리를 낼 수 있으면 더 좋다. 눈으로만 읽는 것보다 중얼거리면서 읽는 것이 효과가 더 좋기 때문이다.

만약 소리를 낼 수 없는 상황이라면 입술이라도 달싹거리면서 읽어야 한다. 기억하자. 그날 수업받은 내용은 반드시 두 번은 읽고 일어서야 한다. 강의가 끝났다고 바로 기본서를 덮어서도 안 되고, 일어서서도 안 된다.

'떨오기공부법'은 머리보다 복습과 반복에 집중한다. 복습과 반복이 공부의 핵심이다. 내용을 잊어버리기 전에 반복하는 것이므로 짧게 여러 번 반복하는 것이 공부의 핵심이 된다.

시험에 합격하는 것은 결국 몇 번을 반복했느냐가 마스터키가 된다. 반복은 그만큼 중요하다. 반복하다 보면 자연히 이해될 것이고,

외워야 할 것들도 자동으로 외워진다. 그러므로 공부의 핵심 중의 핵심이 바로 반복이다. 반복을 얼마나 했느냐가 합격의 열쇠를 가지고 있다.

독일의 심리학자 에빙하우스(Hermann Ebbinghaus)는 '사람들이 아무리 달달 암기했던 것이라도 한 시간만 지나면 55%, 하루가 지나면 67%, 한 달쯤 지나면 90%를 망각하게 된다.' 라고 했다.

그러니 무엇이든지 완벽하게 기억하려면 한 번에 왕창 외우는 것은 큰 소용이 없다. 한 달쯤 지나면 어차피 90%는 잊어버리게 되어 있다. 하지만 일주일 후에 또 반복하고, 2주일 후에 또 반복한다. 그리고 3주일 후에 또 반복하고 이렇게 반복하기를 시험 때까지 하면 안 외워지는 것이 오히려 기적이 된다.

공부는 머리보다 방법이다. 방법이 합격을 결정짓는다. 그리고 끊임없는 반복은 결코 노력한 자신을 배신하지 않는다. 공부의 해답은 반복이라는 것을 반드시 기억해야 한다.

이렇게 짧게 여러 번 반복하고 나면 어느덧 기본서 한 권이 통째로 손에 움켜쥘 수 있을 정도로 쉽게 느껴진다. 두꺼운 기본서가 두꺼운 느낌 그대로 계속 남아 있으면 안 된다. 날마다 반복되는 복습을 통해서 반드시 기본서를 내 것으로 만들어야 한다.

기본서에 있는 내용이 구구단을 외우는 것처럼 익숙해져야 시험을 볼 수 있는 실력이 되고, 그 실력이 결국은 시험에 합격하게 할 것이다. 구구단을 외우듯이 기본서를 반복하고 또 반복해야 한다. 그래서 기본서 어느 부분을 펼치더라도 구구단이 외워진 것처럼 자연스럽게 그 부분의 내용이 내 머릿속에 맴돌아야 한다.

구구단을 외울 때 하나하나 원리를 따져가면서 답을 구하지는 않는다. 이미 익숙해진 그대로 순식간에 답을 말할 수 있다. 예를 들어 2단 구구단을 외울 때 '2가 3번 더해지면 6이 되니까 2 곱하기 3은 6이다' 처럼 대답하지는 않는다. 우리는 이미 '2 곱하기 3은 6이다' 처럼 자연스럽게 익숙해져 있다.

기본서의 내용도 이와 비슷하다. 어떤 형태의 문제로 응용이 되더라도 반드시 풀 수 있도록 하는 것은 역시 반복이고, 그 반복은 구구단처럼 이루어져야 한다.

그런데 아무리 반복을 하고 또 해도 마지막까지 안 외워지는 것이 있을 수 있다. 그러나 이미 반복이 여러 번 계속되면서 대부분은 외우려고 일부러 노력하지 않아도 외워져 있을 것이다.

그러나 끝까지 외워지지 않는다면 이때 노트 정리를 하는 것이다. 그러니까 노트 정리는 처음부터 하는 것이 아니라 시험 바로 직전에 하는 것이다. 기억할 것은 노트 정리를 공부 시작하는 시점에 하는 것이 아니라는 것이다. 그렇지 않아도 시간과 싸움인데 처음부터 아무 필요도 없는 노트 정리로 시간을 허비해서는 안 된다.

노트 정리는 반복이 끝나고 하는 것이다. 그러니까 시험 바로 직전까지 외워지지 않은 것은 노트에 깔끔하게 옮겨 적어야 한다. 그러니 노트에 옮겨 적는 양은 적다. 왜냐면 이미 외울 것은 다 외우고 나머지만 정리하기 때문이다.

그리고 이제 이것을 본격적으로 외워서 내 것으로 만들면 된다. 노트에 적힌 것은 수시로 들고 다니면서 봐야 한다. 점심시간이 시작되면 얼른 한 번 읽어보고, 점심시간이 끝나면 또 얼른 한 번 읽어보는 식이다. 그러니까 모든 자투리 시간은 노트에 정리된 내용을 공부하는 것이다. 그렇게 되면 기본서 한 권이 통째로 내 것이 될 것이다. 결국 '떨오기공부법'으로 시작하면 누구나 책 한 권은 통째로 외울 수 있다.

02 _ 공부를 춤추게 하는 필승법은 따로 있다

'또나선생님'은 중요한 설명을 덧붙였다.

"중요한 것이 하나 더 있어. 그것은 공부했던 과목을 다시 강의로 들을 때는 전 시간에 정리해 놓았던 내용, 즉 밑줄 그어진 내용과 옮겨 적은 내용을 반드시 다시 읽어보고 강의를 들어야 한다는 거야. 예를 들어 A 과목 진도를 지난 강의 때 10페이지까지 나갔다면, 10페이지까지는 밑줄이 그어져 있고, 문제집에서 옮겨온 지문이 정리되어 있을 거야. 그리고 그 단원은 이미 두 번을 읽어보고 책을 덮었어. 그렇다면 며칠 뒤 A 과목을 공부할 때는 다시 10페이지까지 정리된 내용을 읽고 강의를 듣는 거야. 이때 중요한 것은 읽기만 하라는 거야. 절대 외우려고 스트레스를 받으면 안 돼. 우리가 스트레스라고 생각하는 순간 마음이 공부에서 달아나려고 하기 때문이야. 아무 부담 없이 읽기만 해도 그것들이 쌓이면 나중에는 자동으로 외워질 거야. 그러니까 처음부터 마음에 부담을 줄 필요는 없어."

"그렇다면 다음 시간에 공부할 때는 앞 시간에 정리해 둔 것을 읽고 강의를 들어야 한다는 겁니까?"

"바로 그거야. 그래야만 그전에 공부한 것을 복습할 수 있기 때문이야. 그러나 그날 강의에만 집중하게 되면 결국은 공부가 어려워지는 거야. 그러니까 며칠 전에 공부했던 내용은 까맣게 잊어버리게 되는 거야. 공부라는 것은 앞의 내용과 뒤의 내용이 맞물려서 이어지는 경우가 많아. 그러니 앞에서 공부했던 내용을 잊어버리고 다시 진도를 나가는 것은 의미가 없어. 그러나 다시 읽어보면 그래도 기억에 남는 것이 있어. 그러나 모두 잊어버렸다면 다시 기억을 깨우는 역할도 하는 거지."

"그렇다면 강의를 3강 들을 때는 어떻게 합니까?"

"1강 내용과 2강 내용을 다시 읽고 3강을 시작해야지."

"네? 1강과 2강을 다시 읽고 시작하라고요? 그러면 진도 나가기가 너무 빠듯할 텐데요. 그렇다면 4강을 시작할 때는 1강에서 3강까지를 읽어야 하겠네요?"

"너는 지금 진도 나가는 것이 목적이야 아니면 시험에 합격하는 것이 목적이야?"

"그거야 당연히…."

"나는 어떤 것이 목적이냐고 물었어."

"…"

"잘 들어. 우리는 시험에 합격하는 것이 목적이야. 진도 나가는 것이 목적이 아니라는 거야. 진도만 나간다고 시험에 합격하는 것이 아니야. 시험에 합격하기 위해서는 지나간 내용을 반드시 내 것으로 만들면서 강의를 듣는 것이 제일 중요해. 네가 하는 모든 노력은 단한 번의 시험으로 결정 나는 거야. 기회가 두 번, 세 번 주어지는 것이 아니야. 물론 다음 해에 다시 시험을 준비하면 된다고 생각할 수 있지만, 그것은 그만큼의 인내를 필요로 하기 때문에 힘들 수밖에 없어. 그리고 그렇게 되면 체력적으로도 무리가 되는 것은 당연한 거야. 단 한 번으로 시험에 합격하면 너는 열심히 노력한 것이 되고, 떨어진다면 어떤 것도 변명밖에 될 수 없어. 너는 노력하지 않은 모양이 되는 거야. 네가 노력했던 것은 모두 헛수고가 되는 거지. 합격이냐, 불합격이냐가 네 노력을 말해주는 거야. 공부는 눈으로 보이는 것이 아니야. 눈에 보이는 것이라고는 오직 마지막에 얻는 합격 뿐이야. 그 합격이 네가 했던 모든 노력의 증거라는 것을 기억해야 해. 그런데 며칠 만에 그 과목을 다시 공부하면서 앞에서 정리해 둔 것을 그냥 두고 진도를 나간다는 것은 안 될 일이야. 당연히 안 되지."

"그렇다면 뒤로 갈수록 복습 시간이 너무 많이 필요할 텐데요?"

"네가 응용이라는 것을 하면 되잖아."

"응용? 어떻게요?"

"생각을 좀 해 봐. 예를 들어 5강을 수업할 차례라면 1강부터 4강까지는 읽어야 하잖아. 그러면 6강을 수업할 때는 어때?"

"1강부터 5강 내용까지 읽어야 한다는 거 아닙니까?"

"맞아. 1강부터 5강까지 읽어야 해. 그러나 이때 1강은 벌써 1강 공부가 끝나고 두 번 읽었고, 2강 공부 시작할 때 다시 읽었어. 이렇게 6강 공부를 할 때까지 1강은 7번을 읽은 것이 돼. 이 정도 되면 이제 1강 내용은 이미 내 것으로 소화됐을 거야. 그러면 네 마음속에서 이제 1강은 그만 읽어도 되겠다는 생각이 들 거야. 그쯤 되면 7강을 공부할 때는 1강 내용은 읽지 않는 거야. 이때부터는 2강부터 6강 내용을 읽는 거지. 마찬가지 8강을 공부할 때는 2강 내용은 그만 읽어도 된다는 생각이 들 거야. 그러면 이제 그 내용은 안 읽어도 된다는 거야. 이때 안 읽어도 되겠다고 놔두고 가는 페이지는 일주일에 한 번씩 읽어주면 돼. 6번에서 7번 정도 읽고 나면 제아무리 어려운 내용도 이해가 되고 서서히 네 것이 된다는 느낌이 들 거야. 그러면 진도가 모두 끝나고 다음 복습에 들어갈 때는 훨씬 공부하기가 쉬워지는 거야. 2개월은 이렇게 진도를 나가면서 복습을 하지만 나머지 2개월은 복습만 하면서 완전히 네 것으로 만들면 되는 거야. 그러면 4개월이면 공부는 게임 끝인 거야. 이것이 공부를 춤추게 만드는 필승법이야. 그러니까 이 내용은 다시 복습이라는 이름으로 읽기 시작하는 날이 있다는 거야. 그때 또 반복해서 읽으면 돼. 그리고 네가 지금 복습하겠다고 정해놓은 시간 동안 읽으면 되는데 뭐가 문제라는 거야. 그리고 누워서도 읽고, 잠깐씩 쉬는 시간에도 읽어. 부담 없잖아. 읽기만 하면 되는데 뭐가 어때. 이렇게 복습하기 위해서 책을 나누어 놓은 거잖아. 이제 내 말 이해가 돼?"

"그러니까 반드시 앞에서 공부한 내용을 읽고 다음 강의를 들으라
는 겁니까?"

"그렇지. 바로 그거야."

"그러면 밑줄 그어진 것과 문제집에서 옮긴 것을 모두 읽어야 한
다는 겁니까?"

"그래. 모두 읽어야 해. 빠짐없이. 꼼꼼하게."

"…"

"지금은 막막하겠지만 '떨오기공부법'을 믿어봐. 이렇게 공부해
야 어떤 시험을 준비하더라도 포기할 수도 없고, 떨어질 수도 없는
거야. 떨어지는 것이 오히려 기적이라는 것을 알게 될 거야."

"…네. 한번 해보겠습니다."

"넌 할 수 있어. 힘을 내."

나는 그날부터 '또나선생님'이 가르쳐준 방법으로 공부하기 시작
했다. 처음 4강 정도까지는 진도가 얼마 나가지 않은 상태기 때문에
앞부분을 읽으면서 강의를 듣는 것이 크게 어렵지 않았다. 그런데 5
강부터는 서서히 부담되었다.

그러나 '또나선생님'의 '떨오기공부법'을 믿어보기로 작정했다.
그래서 부담이 되더라도 꼭 앞부분을 읽고 다음 강의를 들었다. 그
러자 6강을 들으려고 하니까 아니나 다를까 1강과 2강 내용은 그만

읽어도 되겠다는 생각이 마음속에서 들었다. 그만큼 1강과 2강은 익숙한 내용이 되어있었다. 그러니 3강부터 읽으면 될 일이었다. 그리고 7강을 가면 벌써 3강 정도는 익숙했다.

복습해서 읽어야 하는 강의 수는 많아야 3강에서 4강 정도였다. 이쯤 되자 처음에 내가 생각했던 막막함보다는 한결 수월했다. 역시 눈이 제일 게으르다는 것이 맞는 듯싶었다. 눈으로 기본서 두께만 계산하고 있을 때는 막막하더니 실천해보니까 막막한 것이 아니라 많은 도움이 되었다.

그러니 처음에는 막막하던 것이 공부가 거듭될수록 도움이 된다는 것이 느껴졌다. 결국 '떨오기공부법'은 진도 나가는 것에 집중하는 것이 아니라 복습하는 것에 더 집중하는 것이었다. 이것은 공부가 계속될수록 기본 내용을 탄탄하게 하는 공부법이었다.

강의를 듣기 전에 계속 읽다 보면 보통 5번 이상은 벌써 반복이 됐다. 5번에서 6번 정도 읽고 나면 내용이 어느 정도 이해가 되면서 벌써 외워지는 내용도 많았다. 그러니까 2강 수업을 들을 때는 1강 내용의 기본서를 꼼꼼하게 읽어야 하고, 3강 수업을 들을 때도 역시 마찬가지로 1강과 2강 내용의 기본서를 꼼꼼하게 읽어야 했다. 그러니 5번에서 6번은 기본으로 반복이 됐다.

그러나 여기에도 단점이 숨어있었다. 수업을 들으려고 기본서를 펼치는 순간 얼른 수업을 들으면서 진도를 나가고 싶지 무작정 읽고 있기가 지루했다. 계속 반복해서 읽는다는 것은 지루함을 가져왔다.

그래서 지루함을 이기지 못하고 며칠은 그냥 강의만 들으면서 진도가 빠르게 나가는 스릴을 맛보기도 했다. 그리고 '먼저 진도를 열심히 나가고, 진도가 끝나면 복습을 여러 번 하면 된다' 라는 생각을 했다. 그러니까 지금 읽고 있는 시간을 다음에 한꺼번에 복습이라는 이름으로 더 읽으면 된다고 생각했다. 그러면서 진도가 빠르게 나가는 스릴에 취하기도 했다.

그러나 이것은 결국 앞의 내용을 하나도 이해하지 못하는 결과를 가져왔다. 강의를 들을 때는 이해가 되는 것 같다가도 강의가 끝나고, 다음 강의를 들을 때는 앞의 내용을 까맣게 잊어버리는 결과를 가져왔다. 앞에서 들었던 강의는 딴 세상 이야기가 되어있었다.

이렇게 강의만 듣다가는 앞의 내용을 위해서 노력했던 것들이 모두 헛수고가 될 것 같았다. 앞에 내용을 전혀 모르고 진도만 나가려니까 어느 순간 답답해지기 시작했다. 그리고 앞에 내용과 뒤의 내용이 서로 맞물려서 이어질 때는 더 어렵게 느껴졌다. 앞의 내용이 이해되었다면 뒤의 내용을 자동 이해하기가 쉬울 거라는 생각이 들었다. 그러면서 이건 아니구나 싶었다. 아차 싶었다.

그렇지 않아도 시간을 아껴야 하는 입장에서 다시 막막해지는 느낌이었다. 그렇다고 그대로 앞부분을 두고 계속 진도를 나가자니 마음이 허락하지 않았다. 그리고 뒤로 갈수록 어려워서 꼼짝을 할 수가 없었다.

다시 고민을 거듭했다. 그리고 어쩔 수 없이 진도만 나갔던 강의는 다시 강의를 듣기 시작하면서 다시 앞부분 강의까지 복습에 집중했다. 그러니까 지금까지 진도만 나갔던 부분을 다시 공부한 셈이다.

우직한 소의 걸음으로 공부를 하자고 마음을 다잡았다. 공부는 절대 바쁘면 안 될 일이었다. 아무리 시간이 없더라도 소처럼 우직하게 한 걸음씩 나아가야 하는 것이 공부였다. 절대 공부는 급하게 마음먹으면 안 되는 일이었다. 급할수록 천천히 걸어가야 했다.

그렇게 다시 '떨오기공부법'으로 진도를 나가기 시작했다. 역시 앞의 내용을 복습하고 수업을 듣는 것은 효과가 좋았다. 그러나 여전히 지루함은 나를 괴롭혔다. 하지만 내가 목표하는 것이 진도를 나가는 것이 아니라 시험에 합격하는 것이라고 하루에도 몇 번씩 되새기면서 마음을 다잡았다.

그리고 이 방법은 정말이지 효과가 대단했다. '또나선생님' 말처럼 공부를 춤추게 하는 필승법이 틀림없었다. 그러니까 10강 수업을 들을 때는 완벽하지는 않지만 이미 9강까지의 내용은 복습이 된 상태였다.

그러니 진도가 뒤로 갈수록 공부에 대한 부담이 없었다. 이것은 공부가 거듭될수록 공부가 주는 부담감을 없게 했다. 이것만으로도 공부의 절반 이상이 성공하는 것이나 마찬가지였다. 먼저 공부에 부담이 없다는 것은 큰 장점 중의 장점이었다.

강의가 끝나고, 문제집에 있는 지문을 모두 옮겨 적어도 그대로 책을 덮지 않았다. 반드시 '또나선생님'이 가르쳐준 것처럼 꼼꼼하게 읽어 본 뒤에 책을 덮었다. 이것은 강의 내용을 다시 점검하면서 기억하는 방법으로 좋았다.

책을 그냥 덮는다면 강의 내용이 그대로 묻힐 수 있었다. 그러나 다시 읽어 본다는 것은 지금까지 잠들어 있던 공부 세포를 깨우기에 충분했다. 공부 세포를 깨우는 것은 강의가 아니라 스스로 복습하는 시간이었다.

그러니 강의는 어떤 내용을 공부해야 하는지 방향만 제시받는 것이었다. 공부 세포를 깨워서 그 내용이 내 것이 되게 하는 것은 스스로 하는 복습이었다. 그것도 강의가 막 끝나고, 기본서 정리가 모두 끝난 뒤에 바로 이어서 하는 복습이었다. 이렇게 읽어 두면 다시 읽을 때 역시 부담감이 줄어서 더 좋았다.

나는 이렇게 '또나선생님'의 '떨오기공부법'을 착실하게 실천하고 있었다.

Tutoring _7st Class

'또나선생님'의 '떨오기공부법'
과외수업 – 7교시

---

01 _ 최고의 공부법은 '3'이다

지금은 오로지 공부만 생각해야 한다. 현재 나에게 공부와 연관된 것을 제외하고는 인간다운 삶을 살기 위한 어떤 것들도 생각해서는 안 되고 선택할 수도 없다. 오로지 공부를 일상의 최우선으로 두어야 한다.

공부는 이제 나에게 꿈이 되었기 때문이다. 꿈을 품은 사람이 생각하고, 바라보아야 할 것은 오직 꿈뿐이다. 그러니 공부에 방해가 되는 것들은 무조건 멀리해야 한다. 그것이 꿈을 이루는 지름길이다.

제일 먼저 휴대전화는 멀리하는 것이 첫 번째이다. 휴대전화를 곁에 두고 공부한다는 것은 유혹 거리를 곁에 두고 있는 것과 같다. 집중해서 공부하다가도 전화나 문자 또는 그 외의 것들이 오면 그때부터는 집중력이 현저하게 떨어진다.

하루 중에 중요하지도 않은 광고 전화와 문자가 상당히 많다. 그때마다 집중력에 영향을 받는다면 공부는 이미 내 것이 되기는 힘들다. 설령 중요한 전화나 문자가 오기로 되어 있어도 지금 가장 중요한 것이 무엇인가 생각해보고, 중요한 전화는 올 때까지 기다리지 말고 직접 걸면 된다.

더군다나 집중이 안 될 때 휴대전화가 울리면 집중을 더 할 수 없게 된다. 그렇지 않아도 집중이 되지 않아 짜증이 일어나고 있을 때 휴대전화까지 울리면 엎친 데 덮친 격으로 공부를 방해하는 적군이 생긴 것과 같다. 그러니 반드시 유혹 거리는 없애야 한다. 아무리 급한 전화라도 지금은 공부가 더 급하다.

휴대전화를 멀리해야 하는 이유는 또 있다. 이미 휴대전화로 검색하거나 뉴스 등을 보는 것이 습관으로 굳어버렸다. 전화가 온 것도 아니고, 문자가 온 것도 아닌데 자신도 모르게 휴대전화로 검색하는 경우가 있다. 이런 습관들이 공부를 방해하는 대표적인 것들이다.

아무런 유혹 거리가 없는데도 집중이 안 될 때도 있다. 온갖 잡생각이 머릿속을 꽉 채우고 있는 순간도 만나게 될 것이다. 이때에는 집중이 안 된다고 그날 공부를 포기해서는 안 된다. 끝까지 정해진 시간은 책상과 의자에서 책을 봐야 한다.

그리고 집중이 안 될 때는 집중이 되는 척이라도 하면서 책상과 의자에서 견디는 것이 중요하다. 집중이 안 된다고 그날 해야 할 공부

를 채우지 못하면 또 집중이 안 되는 날을 만나게 되었을 때 갈등하
게 되기 때문이다.

모든 것의 최우선 순위는 공부라는 것을 명심하고 7교시 수업에서
도 몇 가지 규칙을 알아보도록 하자.

첫째 – 복습의 핵심은 3이다.

둘째 – 100점이 아닌 합격에 목표를 맞추자.

셋째 – 오늘 정해진 양을 끝내야 내일이 있다.

이미 앞에서도 말했듯이 '떨오기공부법'은 진도 나가는 것도 중요
하지만 그보다 더 중요한 것이 복습이다. 그래서 매번 강의를 들을
때마다 앞의 강의 내용을 철저하게 읽어야 한다고 했다.

이때 중요한 것은 억지로 외우려고 하지 않았다는 것이다. 외우지
않아도 외워지는 것이 '떨오기공부법'이다. 그만큼 반복을 중요하
게 생각하는 것이 '떨오기공부법'인 것이다.

이제 진도가 거의 끝나간다면 본격적으로 복습을 하면서 반복을
시작할 때다. 본격적인 복습으로 기본서의 내용과 문제집에서 옮겨
온 내용을 완전히 내 것으로 만들어야 한다. 이때에도 반드시 '3'을
지켜야 한다.

'3'은 복습을 하는데 한 군데에서만 복습하는 것이 아니라 세 군

데에서 복습을 시작하고, 끝내는 것이다. 기본서를 제일 앞부분, 중간 부분, 끝부분으로 나눈다. 이미 2권에서 3권으로 기본서가 나누어졌기 때문에 그것을 활용해도 좋다. 그러나 반드시 세 군데는 꼭 지켜야 한다.

이제 제일 앞부분에서 복습을 시작한다. 여기에서 복습은 무조건 읽기만 하는 것을 말한다. 절대 외우는 것도 아니고, 따로 노트 정리를 하는 것은 더욱 아니다. 무조건 기본서를 읽어야 한다. 앞부분을 40페이지 정도까지 읽었다면, 이제 중간 부분을 40페이지 정도까지 읽고, 뒷부분에서 40페이지 정도를 읽는 것이다.

이때 단원을 중심으로 읽는 것을 정해도 좋다. 앞부분에서 1단원을 읽었다면 중간 부분의 1단원을 읽고, 끝부분의 1단원을 읽는 것이다. 그러니까 하루에 적어도 3단원 정도는 읽은 것이 된다. 그러나 우리는 이미 앞에서 강의를 들을 때마다 이미 복습을 했기 때문에 하루에 1단원만 읽는 것은 양이 너무 적다. 앞에서 2단원, 중간 부분에서 2단원, 뒷부분에서 2단원 해서 하루에 6단원은 무난히 읽을 수 있다.

대부분 기본서가 20단원 내외로 구성되어 있다. 그렇다면 하루에 6단원을 읽기 시작했다면 3일, 4일 정도면 기본서 한 권이 끝나게 된다. 그러나 이것도 복습을 처음 시작할 때를 기준으로 하는 것이지 복습이 2번만 끝나도 하루에 9단원에서 10단원 정도는 무난히 진도가 나간다. 그러면 2일 정도에 전체 기본서가 한 번씩 끝나는 것이다. 그냥 읽고 지나가기 때문이다. 공부는 전체 진도를 자주 볼수록 더 선명해질 수밖에 없다.

즉 공부를 시작해서 처음 2개월은 진도를 나가면서 복습을 했다면, 뒤의 2개월은 복습만 하는 것이다. 이것은 적어도 3일에 한 번씩 기본서 전체를 끝내는 결과로 이어지기 때문에 2달 동안 적어도 3번에서 4번은 읽게 된다. 이쯤 되면 강의를 들을 때 복습해 둔 것까지 하면 벌써 10번 정도 복습이 된 것이다.

이 정도 되면 쉽게 느껴지는 단원과 어렵게 느껴지는 단원이 확연하게 구별이 된다. 이제 다음 5개월부터는 어렵게 느껴지는 단원을 집중적으로 읽으면 된다. 그리고 쉽게 느껴지는 단원은 잊어버리지 않도록 가끔씩 읽으면 된다. 이미 자신의 것으로 되었기 때문에 일주일에 한 번 정도만 읽어줘도 충분하다.

이미 앞에서 '떨오기공부법'은 따로 노트 정리를 하지 않는다고 말했다. 이미 기본서에 문제집 내용까지 옮겨진 상태이기 때문이다. 그러므로 기본서가 핵심이 되는 공부법이다. 그리고 노트 정리를 따로 하지 않는 것은 그만큼 시간을 절약하게 된다. 즉 시간이 없을수록 '떨오기공부법'은 효과를 발휘한다.

'떨오기공부법'에서 제일 중요한 것이 복습과 반복이다. 지능이 좋고 나쁜 것은 아무 필요도 없다. 얼마나 반복을 많이 하느냐가 중요하다. 반복의 횟수가 거듭될수록 합격은 보장된 것과 같다. 지능이 아닌 반복과 복습이 공신을 만든다는 것을 반드시 기억해야 한다. 이것이 바로 최고의 공부법이고, 최고의 공부법이 인생을 바꾼다는 것을 기억해야 한다.

그리고 자격증 시험은 합격 점수가 정해져 있다. 그러니 100점을 맞아야 한다는 생각은 버려야 한다. 100점으로 합격해도 자격증을 받을 수 있지만, 합격 점수만 겨우 넘겨도 자격증은 받는다. 자격증에 점수가 기록되어서 나오는 것이 아니다. 그러니 100점을 맞으면 좋겠지만 100점을 맞기 위해서 노력하기보다는 효율적인 공부를 위해서 노력해야 한다.

60점이 합격 점수라면 70점 정도만 목표해도 된다. 즉 도저히 이해가 안 되는 단원은 그냥 건너뛰는 것이다. 그 단원에서 몇 문제 정도가 출제되는지는 기출문제와 기본서에서 설명이 돼 있다. 그렇다면 그 정도의 문제를 건너뛰어도 70점을 목표로 하는 것에 어려움이 없다면 그 단원은 건너뛰는 것도 방법이다.

이렇듯 내가 건너뛰어야 할 단원을 정한다. 그리고 그 단원에 대해서는 아무 미련도 가지지 마라. 아예 기본서에서 찢어버려도 된다.

또는 첫 강의는 대부분 강사가 오리엔테이션을 하면서 기본서의 전체 흐름과 출제될 예상 문제 수를 이야기해 준다. 이것이 좋은 힌트가 된다. 강사가 어렵다고 말하는 단원들은 출제 문제가 몇 문제인지를 파악한 후 버려도 될 것 같으면 버려도 된다. 그러니까 처음부터 아예 그 단원은 버리고 준비하는 것이다.

그리고 나머지 단원을 공부해서 70점 정도가 되는지를 계산하면 된다. 불안하겠지만 이것은 시험을 단번에 합격하게 하는 지름길이다. 전체 기본서를 공부한다고 하더라도 어차피 어려운 단원은 시험장에 가서도 틀릴 확률을 가지고 있다. 그런데 어려운 단원을 공부하느라 아까운 시간을 계속 낭비하고 있을 수는 없다.

에너지도 마찬가지로 어려운 단원은 쉬운 단원보다 훨씬 많이 필요하다. 어려운 단원인 만큼 쉽게 느끼는 단원보다 에너지를 더 필요로 한다. 그러니 처음부터 그 단원은 포기해버리고 기본서에서 없애버리는 것도 방법이다.

그러나 반드시 기억해야 할 것은 공부해야겠다고 정한 단원들은 철저하게 내 것으로 만들어야 한다. 이미 앞에서도 설명했듯이 철저하게 내 것으로 만든다는 것은 구구단을 외우듯이 만들라는 것이다. '2' 단 구구단을 외울 때 하나하나 생각하면서 외우지 않는다. '2×3'을 묻는다면 우리는 바로 '6'이라고 대답한다. '2'를 세 번 더하면 '6'이 된다고 생각해서 대답하지 않는다. 결국 '6'이라는 대답은 반사적으로 나온다. 바로 이것이다.

공부하겠다고 선택한 단원은 이렇게 만들어야 한다. 그래서 어떤 문제가 그 단원에서 나오더라도 반사적으로 정답을 찾을 수 있어야 한다. 선택한 단원에서 나오는 문제는 틀리면 안 된다는 것을 반드시 기억해야 한다. 내가 선택한 단원은 내 것이 돼야 한다. 절대 놓치면 안 된다.

다음으로 오늘 정해진 공부할 양은 반드시 오늘 끝내야지 내일이 있다는 것을 기억해야 한다. 오늘 끝내야 하는 공부를 끝내지 못하고, 내일로 넘어가면 또 얼마 지나지 않아 그런 날이 반복된다.

이것은 결국 공부에 대한 부담을 가져온다. 그래서 포기하는 것이다. 공부에 성공하는 사람들은 자신과의 약속을 지키는 사람들이고, 실패하는 사람들은 자신과의 약속을 가볍게 생각하는 사람들이다. 자신과의 약속은 지켜야 한다. 마찬가지로 공부도 자신과의 약속이기 때문에 반드시 지켜야 한다.

자신과의 약속에서 뒷걸음쳐서는 안 된다. 만약 자신과의 약속을 소홀히 여기게 되면 뒤이어 슬럼프가 찾아오게 된다. 만일 짧은 수험 기간에 슬럼프까지 넘어야 하는 상황이 된다면 공부를 계속하기 힘들어질 수 있음을 기억해야 한다.

공부는 머리로 성공하고, 실패하는 것이 아니다. 자신과의 약속을 얼마나 귀하게 생각하느냐에 따라 성공과 실패가 나뉘는 것이다. 무슨 일이든 공부를 최우선 순위에 둔다면 그날 정해진 공부는 할 수 있다.

반대로 그날 정해진 공부할 양을 끝냈다면 시간이 남아도 그냥 쉬는 것이 좋다. 시간이 아깝다는 생각으로 내일 정해진 공부를 앞당겨서 한다 해도 집중이 되지 않는다. 이것은 괜히 시간만 잡아먹는 모양이 된다. 그러니 오늘 공부할 양을 다 했다면 마음 편히 쉬어도 된다.

복습과 반복을 중요하게 생각하는 '떨오기공부법' 은 시험이 가까워질수록 시간이 남는다는 것이 장점이다. 이것은 실천해보면 알게 된다. 그러니 오늘 공부할 양을 모두 끝냈다면 두 다리 쭉 뻗고 푹 쉬어도 된다.

02 _ 버릴 것은 처음부터 버려야 가볍다

'또나선생님'의 이야기처럼 나 역시 시험에서 100점이 목표가 아니었다. 2개 자격증을 동시에 도전하고 있는 나로서는 100점은 언감생심 욕심도 낼 수 없는 것이었다. 합격 점수만 넘기는 것이 목표였다. 그러나 아슬아슬하게 합격 점수를 넘겨서는 안 되는 일이었다. 너무 아슬아슬하게 목표 점수를 잡으면 공부하는 동안 내내 불안할 수 있었기 때문에 그래도 안심할 수 있는 점수를 목표로 잡았다.

나는 아슬아슬하게 합격하는 것을 '후덜덜합격'이라고 이름을 붙였다. 그리고 합격 점수를 걱정하지 않을 정도로 좋은 점수는 '안심 합격'이라고 이름을 붙였다. 여기에서 내가 '안심 합격'을 하기 위해서는 70점은 목표로 해야 했다. 그러니까 70점이 내 목표였다. 70점 정도면 그래도 안심할 수 있는 점수였다.

'또나선생님'의 이야기처럼 과목마다 첫 강의는 오리엔테이션으로 전체 기본서 내용과 각 단원 출제 예상 문제를 알려주었다. 나는 이 단원을 모두 공부할 수는 없었다. 시간이 없었기 때문이다.

그래서 40문제 중에서 10~12문제는 버리기로 결정했다. 각 과목 문제가 40문제였는데 이 중에서 28~30문제만 공부하기로 하고, 나머지 10~12문제는 하나의 답을 쭉 쓰기로 마음먹었다. 그리고 포기한 10~12문제 부분은 과감하게 기본서에서 찢어버렸다.

그러니까 공부를 해보고 어렵다고 느끼는 단원을 포기한 것이 아니라 아예 처음부터 내가 포기해야 할 단원을 선택해서 처음부터 기본서에서 찢어버린 것이다. 이것은 그만큼 시간을 절약하는 효과가 있었다.

어차피 포기할 거라면 괜히 그 단원에 에너지와 시간을 쓸 필요가 없다고 생각했기 때문이다. 그랬더니 기본서가 훨씬 더 얇아졌고, 공부할 양이 줄었다고 생각하니 기분도 좋아졌다. 버릴 것을 버리고 나니까 시험에 대한 부담도 확 줄었고, 공부도 더 가볍게 느껴졌다. 버릴 것은 처음부터 버려야 부담도 덜 하다는 것을 알게 되었다.

이 결정은 기본서가 얇아지는 장점이 있었고 강의 역시 10~12문제 부분은 듣지 않아도 된다는 장점이 있었다. 그러니까 강의의 1/4 이상이 줄어든 셈이었다. 강의가 줄어든 것 역시 마음의 부담을 덜어주었다. 너무 무모하지 않을까 싶었지만 '기본서 내용을 모두 공부한다고 하더라도 시험문제를 모두 풀 수 있는 것은 아니다' 라고 생각하니까 마음이 가벼웠다.

그리고 기본서를 모두 공부하는 것은 어떻게 생각하면 쓸데없는 일이라고 생각했다. 기본서를 모두 공부한다고 하더라도 모두 기억하기는 힘들다. 모두 기억하기도 힘들다면 에너지만 뺏기는 결과를 가져올 뿐이다.

오히려 버릴 단원을 선택하고 그 단원을 기본서에서 찢어버리고 나자 정신이 번쩍 들었다. 그때부터는 공부하겠다고 선택한 단원들은 틀리면 안 된다는 생각에 더 공부에 집중하게 되었다. 이것은 일종의 공부에서 살아남기 위한 그러니까 생존을 위한 가장 최소한의 것이라는 절실함도 있었다. 그러니 정신이 더 바짝 들었다.

시험이 모두 끝나고 생각해보니 이 결정은 아주 잘한 선택이었다. 이 결정이 없었다면 아마 두 개 자격증을 일 년 만에 합격하기란 어려웠을 것이다. 때로는 무모한 도전이 좋은 결과를 가져온다. 무모한 도전을 하는 자신을 믿으면서 그 선택을 끝까지 따라간다면 좋은 결과가 기다릴 것이다. 어떻게 보면 공부를 하는 것도 능력보다는 용기가 더 필요할 수도 있다. 공부에서 용기는 능력을 앞설 수 있다.

무모한 도전을 하는 자신을 끝까지 믿고 결과에 집중하는 것이 중요하다. 공부는 그 사람이 가진 능력이 중요한 것이 아니라 무모하다고 생각되는 용기가 중요한 능력이 될 수 있기 때문이다. 그리고 30문제는 반드시 풀 수 있다는 믿음이 합격을 끌어당긴 것 같다. 나는 실제로 두 개 자격증 모두 대부분 과목이 70점을 넘기며 합격했다.

물론 기본서를 모두 공부하고 싶다는 생각이 든다면 그것 역시 나쁘지 않다. 차분히 기본서의 모든 내용을 공부하는 것도 괜찮을 수 있다. 그러나 나처럼 시간과 싸움에서 이겨야 하는 경우라면 어려운 단원의 문제는 과감하게 버리고 쉽게 이해되는 단원을 가지고 전략을 세워야 한다. 이 전략이 합격의 지름길이다.

그러나 '또나선생님' 이야기처럼 처음 2개월은 정말이지 혹독한 공부법이었다. 강의를 들으면서 진도 나가는 것도 보통 일이 아니었고, 복습도 마찬가지였다. 거기에 문제까지 풀어서 기본서에 없는 내용을 옮겨 적는 일도 쉽지 않았다.

결국 '떨오기공부법'은 진도와 복습, 반복, 그리고 문제 풀이까지 동시에 시작하는 공부법이었다. 그리고 제일 어려운 것은 처음 생각했던 것보다 시간이 더 필요하다는 것이었다. 그러다 보니 1초라도 아껴야 하는 상황이 계속되었다.

새벽 공부 시간에 진도를 나가고, 오후 시간에도 진도를 나가면 나머지 시간은 오직 반복해서 읽는 것에 집중했다. 날마다 반복에 또 반복이었다. 공부를 시작하고 처음 2개월까지는 신문을 읽듯이 책을 들고 있었다. 일어나는 순간부터 잠이 드는 순간까지 책을 손에서 놓아본 적이 없었다.

그런데 복병은 곳곳에 숨어있었다. 공부를 시작하니까 잠도 많이 왔다. 공부하기 전에는 잠도 안 오더니, 공부를 시작하니까 잠이 계속 나를 괴롭혔다. 그래서 오후에는 잠깐잠깐 틈새 수면을 하기도 했다. 이때는 반드시 엎드려서 잤다. 그래야 10분 정도 지나면 팔이 저려서 잠이 깼다. 이토록 철저하게 시간 관리를 했다.

그러나 순간순간 내가 꼭 이렇게 해야 하나 싶은 생각도 찾아왔다. 이렇게 슬럼프가 왔다. 하지만 슬럼프가 왔다고 해서 공부를 멈추지는 않았다. 그날그날 정해진 양을 공부하려면 슬럼프 같은 것에 빠질 시간이 없었다. 머릿속에서는 계속 '꼭 이렇게까지 해야 할까?' 싶은 생각이 쉴 새 없이 몰려왔지만 나는 습관적으로 공부를 하고 있었다. 그리고 머릿속에는 슬럼프만 찾아온 것이 아니었다. 공부좀 하려고 책을 펴는 순간 온갖 것들이 생각나면서 집중하는 것을 방해했다. 어린 시절부터 시작해서 지금까지 잊어버리고 있었던 일까지도 다 생각이 났다.

그러니 집중하는 척 앉아 있기는 했지만 사실 집중보다는 온갖 잡생각들이 온통 머릿속에 가득했다. 그러나 잡생각이 들더라도 공부는 습관적으로 했다. 아무리 잡생각이 내 머릿속을 온통 차지해도 그러든가 말든가 공부는 계속되었다. 아니 달리 방법이 없었다. 머릿속에서 떠오르는 생각들을 어떻게 없앨 방법이 내게는 없었다.

그리고 공부할 기회가 내 인생에 다시는 오지 않을 수도 있다고 생각했다. 그러니까 열정적으로 공부할 기회가 어쩌면 이번이 마지막이 될지도 모르겠다는 생각이 들었다. 이것이 마지막이 될지도 모른다고 생각하니 머릿속이야 어떤 생각들로 채워지든 오늘 내가 공부할 것만 집중했다.

날마다 책상 달력을 보면서 오늘 공부할 양을 점검했다. 책상 달력에 강의는 몇 강을 들어야 하며 복습은 어디를 해야 하는지 꼼꼼하게 기록되어 있었다. 그리고 그날그날 정해진 목표는 반드시 해야 한다고 다짐 또 다짐했다. 날마다 정해진 공부할 양을 모두 끝내면 책상 달력에 빨간색으로 동그라미를 치기도 했다. 정말이지 '떨오기 공부법'은 2개월까지는 혹독했다. 두 번 다시 공부는 쳐다보기도 싫었다. 다시 내가 공부한다면 내가 아니다 싶은 생각이 들 정도였다. 그리고 누가 공부하라고 시킨 것도 아닌데 괜히 혼자서 공부한다고 시작해서는 사서 고생한다는 생각도 들었다.

그때 '또나선생님'이 말을 걸어왔다.

"어때? 할 만해?"

"놀리지 마십시오. 지금 제 꼴을 보고도 그런 말이 나옵니까?" 괜히 심통이 났다.

"그래. 충분히 이해해. 하지만 조금만 참아. 조금 있으면 훨씬 쉬워질 거야."

"하지만 제가 왜 이렇게 사서 고생을 하는지 모르겠습니다. 아무도 제게 공부하라고 시키지 않았는데."

"네가 시켰잖아. 네가 네 꿈을 위해서 너를 시킨 거야. 지금은 그 꿈을 향해서 걸어가고 있는 거야. 이 세상에 공짜는 없어. 반드시 노력이 있어야 결과가 있듯이 너도 지금 네 꿈을 이루기 위해 노력하는 거야. 그러면 그 노력 없이 결과만 얻는 공짜를 원했다는 거야?"

"아니 그건 아니지만. 그렇지만 너무 힘들어서…."

"너를 만들어 가는 사람은 이 세상 아무도 없어. 너를 만들 수 있는 사람은 너 자신이야. 그러니 지금 힘든 것도 결국은 너를 만드는 과정일 뿐이야. 크게 생각해. 그리고 넓게 생각해봐. 자격증을 두 개나 합격하기 위해서는 이 정도는 기꺼이 감수하겠노라 생각하면 지금처럼 어렵게 느껴지지는 않을 거야. 그리고 너는 반드시 할 수 있어. 너 역시 너 자신을 반드시 믿어야 해. 너를 스스로 믿어준다는 것은 좋은 결과를 끌어당기는 것은 물론이고, 공부하는 동안도 공부를 즐기게 되는 거야."

"공부를 즐기게 된다? …."

"그래, 그냥 즐겨. 네가 생각하는 것처럼 다시는 공부할 기회가 안 올 수도 있잖아. 그렇게 생각한다면 즐길 수 있잖아. 공부를 친구처럼 생각하면서 즐기면 공부 효과도 좋아질 거야. 그리고 지금 공부하는 것을 즐길 수 있는 사람도 결국은 너 자신밖에 없어. 다른 누구도 이 상황을 즐길 수 없어. 공부에 있어서만큼은 자기 자신이 바로 주인이기 때문이야."

"공부의 주인이 있다는 겁니까?"

"그래, 주인이 있어. 그 주인이 바로 너 자신이야. 그러니 주인이 어렵다고 투덜거리는 것은 맞지 않아. 힘을 내. 너는 반드시 할 수 있어."

Tutoring _8st Class

'또나선생님'의 '떨오기공부법'
과외수업 – 8교시

---

01 _ '떨오기공부법'은 증거를 남긴다

숨차게 여기까지 뛰어왔다. 이제 '떨오기공부법'의 과외수업을 서서히 마무리해야 할 것 같다. 마지막으로 이번 시간에도 꼭 알아야 할 것들이 있다.

첫째 – 다시는 못하겠다는 생각이 들어야 한다.
둘째 – 시험에 합격한 자신의 모습을 상상하자.
셋째 – 자신의 인생이 바뀌기를 가장 바라는 사람은 자기 자신이다.

'떨오기공부법'은 처음 2개월이 무척 혹독한 공부법이다. 처음 2개월에 모든 진도를 끝내고 복습도 해야 한다. 그러니 정해진 공부 시간뿐만 아니라 조그마한 자투리 시간도 귀한 것이 처음 2개월 동안의 '떨오기공부법'이다. 즉 1초도 버릴 수 없는 공부법이다.

공부를 시작하고 처음 2개월은 자신이 지금까지 지내온 모습과 마주하는 시간이기도 하다. 꿈과 목표도 없이 흘려 보내버린 시간이 안타깝게 느껴지면서 자신의 모습을 반성하는 시간이기도 하다.

그리고 이 시기는 공부에 대한 실력도 차곡차곡 쌓으면서 단단해지는 기간임과 동시에 자신의 나약한 모습도 발견하게 되는 시간이다. 자신의 나약한 모습을 발견하면서 그동안 잃어버린 마음도 찾는 기간이 바로 공부를 시작하고 첫 2개월이다.

그러니 공부를 시작하고 2개월 동안은 다시는 못하겠다는 생각이 들어야 한다. 이런 생각이 들 정도로 '떨오기공부법'은 처음 2개월이 혹독한 공부법이다. 2개월 동안 공부의 전체 맥락을 잡기 위해서라도 어쩔 수 없다.

그러므로 2개월 동안은 다시는 공부를 못하겠다는 생각이 들 때까지 뛰고 또 뛰어야 한다. 공부를 생각하면 멀미가 날 정도로 최선을 다해야 한다. 공부에 대해 스스로 확신이 들 때까지 최선을 다해야 한다. 즉 2개월 동안은 쉴 틈이 조금도 생기지 않도록 하는 것이 '떨오기공부법'이다.

그리고 공부를 시작하고 2개월 동안은 공부에 미쳐야 한다. 집중이 안 될 때는 집중하는 척이라도 하면서 소리 내서 읽어야 한다. 그것도 어려우면 눈으로 따라가면서 읽고, 꽉 막힐 때는 일단 읽으면서 이해하는 것은 다음을 기약해야 한다.

어려운 문제에 시간을 낭비해서도 안 되고, 되도록 많이 읽고, 많이 보아야 한다. 그래서 공부 습관을 몸이 완전히 기억하게 만드는 것도 공부 시작하고 처음 2개월이다. 공부에 대한 완벽한 습관을 들이는 것도 처음 2개월이다.

모든 것에서 행동이 먼저 따라야 하는 것도 처음 2개월이다. 즉 행동이 먼저고, 다음이 이해와 생각이다. 처음 2개월 동안은 자신의 한계에도 부딪히는 느낌을 많이 받게 된다. 자신의 한계에 좌절하는 시간도 많이 만나게 되고 그러면서 자신의 부족한 부분을 깨닫게 되는 시간이 바로 처음 2개월이다. 이때에는 매일매일 앞으로 걸어 나가는 자신을 칭찬하면서 지치지 않게 하는 것도 하나의 방법이다.

결국 '떨오기공부법' 중에서 가장 중요한 것이 첫 열정이 살아있는 2개월이다. 이 시간을 어떻게 활용하느냐에 따라서 시험에 성공하느냐 실패하느냐가 결정되는 것이다. 그러므로 첫 2개월이 공부 전체가 된다. 이렇게 2개월을 혹독하게 보냈다면 그 증거로 다시는 공부에 미련이 없게 만드는 기간이기도 하다. 결국 '떨오기공부법'은 증거를 남기는 공부법이다.

그러나 처음 2개월을 이렇게 혹독하게 지나고 나면 3개월째부터는 이야기가 완전히 달라진다. 2개월만 잘 버티면서 '떨오기공부법'이 시키는 대로 잘 따라왔다면 3개월째부터는 어려운 것이 없는 공부법이다. 그뿐만이 아니다. 이제 포기할 수도 없고, 후회할 수도 없다.

즉 공부에 대한 전체적인 맥락을 파악했기 때문에 포기할 생각은 아예 남의 이야기가 돼 버린 것이다. 당연히 후회 역시 남의 이야기가 된다. 즉 3개월째부터는 포기할 수도 없고, 후회하지도 않는 것이 '떨오기공부법'인 것이다. 그러니 단점보다는 장점이 훨씬 많은 공부법이라고 할 수 있다. 처음 2개월의 노력은 결코 자신을 배신하지 않는다는 것을 기억해야 한다.

대부분의 공부법이 뒤로 갈수록 부담이 되는 공부법이다. 처음부터 전체 맥락을 잡고 가는 것이 아니라 단원에 집중하다 보면 시간이 흐를수록 공부에 지치게 되기 때문이다. 공부는 얼마나 하는가도 중요하지만 어떻게 하는가도 아주 중요하다.

'떨오기공부법'의 기본을 2개월 동안 잘 지켰다면 이제 3개월부터는 조금 더 여유로운 시간을 만날 수 있다. 이렇게 4개월이 넘어가면 이젠 완전히 여유시간이 많이 남게 된다. 이때부터는 약간의 자투리 시간을 활용해서 체력을 다지는 시간으로 활용해도 좋다. 또는 효과적인 휴식을 취하는 것도 좋다.

하지만 결론은 '떨오기공부법'은 처음 2개월 동안은 혹독한 훈련을 거치는 공부법이라는 것이다. 이런 방법으로 다른 자격증도 준비하면 된다. 이렇게 해서 일 년이면 두 개 자격증의 준비가 끝나게 된다.

다음으로 중요한 것은 시험에 당당하게 합격한 자신의 모습을 상상하는 것이다. 사람은 어떤 것이든 자유롭게 생각할 수 있고 그 생각의 결과를 상상할 수 있다. 그런데 중요한 것은 이렇게 생각하고 상상하는 것은 그대로 말이 된다. 말이 된 상상은 현실로 끌어당기는 힘을 가지고 있다. 즉 어떤 생각을 끊임없이 품고, 상상한다면 그것이 결과에도 영향을 미친다.

그러므로 긍정적인 결과를 상상하면 긍정적인 결과를 얻을 수 있다. 반대로 부정적인 결과를 상상하면 그것 역시도 결과로 얻을 수 있다는 것을 반드시 기억해야 한다. 그러니 생각과 상상력은 의식적으로 선택해야 한다.

생각과 상상력은 새로운 경험의 세계를 현실에 그대로 나타낼 수 있는 빛과 같은 역할을 한다. 이것은 건축가가 자신의 상상력으로 설계도를 그리면 건설업자가 그 설계도대로 건물을 짓는 것과 같다. 아무리 높은 건물일지라도 제일 먼저 설계도가 있어야 한다. 즉 건물이 되기 위해서는 상상력을 이용한 설계도가 먼저 있어야 한다.

시험에 당당히 합격하고 싶다면 합격한 모습을 상상하는 것을 멈추어서는 안 된다. 시험에 합격한 이후 어떤 행복한 모습으로 살아갈 것인지도 상상해보자.

스스로에 대한 확신 역시 상상에서부터 시작된다. 상상으로 나를 만들어 가는 것이다. 지금은 책상 위에서 하는 작은 상상으로 여겨질지라도 작은 상상이 큰 결과를 만들고, 미래를 만든다는 것을 기억하자.

상상력은 모든 위대한 것들을 만든 가장 근원이 되기 때문이다. 마음속에 품은 상상과 생각은 반드시 현실이 된다는 것을 기억해야 한다.

공부에 성공하려면 먼저 자신이 공부에 성공하고 싶은 구체적인 이유를 분명하게 아는 것이 중요하다. 왜 공부에 성공해야 하는지, 합격했을 때 자격증은 어디에 쓸 것인지, 자격증 때문에 누리는 행복은 어떤 기분일까를 생각해봐야 한다. 그리고 차분한 마음으로 깨끗한 종이에 달성하고 싶은 목표를 적어봐야 한다.

그냥 공부에 성공하고 싶다고 바라기만 하는 것은 공부 효과에 별로 도움이 되지 않는다. 그 공부를 뒷받침하는 의미가 반드시 있어야 한다. 그렇지 않으면 공부하는 과정이 어렵거나 누군가 '왜 그걸 하려고 하냐', '어려울 것이다' 라고 말하는 순간 포기하기가 쉽다.

공부해야겠다고 생각한 계기가 무엇이었는지부터 생각해보자. 공부에 성공하는 것을 정말로 바라고, 그 일이 자신에게 왜 중요한지 분명하게 안다면 공부는 훨씬 더 쉬워지고, 효과도 훨씬 커진다.

그러므로 공부로 성공해서 자격증을 거머쥘 때까지 어려움을 참아내고 계속 앞으로 나가려면 인생을 반드시 바꿔야겠다는 큰 열정으로 들끓어야 한다. 그리고 그 일에 흥분해야 한다. 그것이 불씨가 되어 공부를 활활 불타오르게 할 것이다.

막연하게 시작하는 공부는 막연한 결과를 가져올 수밖에 없다. 구체적인 열정을 품어야만 포기하지 않고 끝까지 도전하는 힘을 발휘할 수 있다.

마음의 소리에 귀를 기울이면서 자신이 그리는 미래의 자신을 상상하면 공부에 집중할 수 있는 에너지가 생긴다. 그렇게 되면 공부가 쉽게 생각될 것이며, 생각보다 더 쉽게 공부에 성공할 수 있다.

공부를 선택할 때 제일 중요한 것은 자기 스스로가 흥미를 느끼는 일이 무엇인지, 잘하는 일은 무엇인지, 완전히 빠져들 수 있는 일은 무엇인지에 관심을 기울여야 한다. 다른 사람들이 기준이 되는 것이 아니라 온전히 자기 자신이 기준이 되어서 선택해야 한다.

공부는 절대 어려운 것이 아니다. 사람들 대부분은 공부는 어려운 것이라는 생각에 사로잡혀서 쉽게 도전하지 못한다. 하지만 공부를 했던 사람들은 공부가 세상에서 제일 쉬웠다고 말한다. 공부가 가지는 힘은 거대하다. 인생을 송두리째 바꿀 힘을 가지고 있는 것 역시 공부다.

자신의 인생이 바뀌기를 진정으로 바라는 사람은 오직 자기 자신밖에 없다. 허무하고, 지루하고, 불안한 상황에 있는 자신을 활기찬 모습, 행복한 모습, 씩씩한 모습, 당당한 모습으로 바뀌기를 바라는 사람도 오직 자신밖에 없다.

그렇다면 인생을 바꾸기에 가장 지름길이 공부라는 것을 진지하게 받아들여야 한다. 자신의 현재 상황을 냉정하게 판단하면서 자신이 가장 즐거워할 수 있는 공부를 선택해서 시간을 정하고 도전해야 한다. 이때 중요한 것이 시간을 정해야 한다는 것이다. 공부를 한없이 끌 수는 없다. 반드시 자신과 시간을 약속해서 정해야 한다. 언제까지 자신이 원하고 목표하는 것을 끝낼 수 있는지 분명하게 시간을 약속해야 한다.

다른 사람과의 약속도 중요하다. 하지만 자신과의 약속 역시 다른 사람과의 약속처럼 소중하게 생각해야 한다. 그리고 자신과의 약속을 반드시 지키겠다는 생각으로 열정을 다해야 한다. 자신이 바라는 것이 강해야지 어떠한 것도 자신을 방해하고, 막을 수 없다는 것을 반드시 기억해야 한다.

마지막으로 가장 핵심이 되는 것은 도전하는 것, 즉 행동하는 것이다. 자신에게 필요한 것이 무엇인지 결정을 했다면 이제 도전해야 한다. 필요한 것이 무엇인지 모를 때에야 주저하고 망설이는 것이 이해되지만 이제 목표가 생기고, 꿈이 생겼다면 주저하지 않아야 한다. 더이상 주저할 이유가 없기 때문이다.

이제 주저하게 된다면 그것은 모두 핑계일 뿐이다. 그런데 그 핑계는 사실, 모두 거짓일 가능성이 크다. 자신을 변호하기 위한 변명이고, 그 변명은 거짓말일 확률이 높다는 것이다. 이제 도전할 꿈이 무엇인지 알았다면 즉시 도전하자.

망설이고 있게 되면 그 망설이는 틈 사이로 또 변명이 파고들 것이다. 자신이 바라는 꿈이 이미 결정이 됐다면 이제 남은 것은 힘차게 도전하는 것뿐이다. 도전하면 꿈은 이루어진다.

02 _ 노력에 자신의 삶을 걸었던 사람

공부하다 보면 어렵다는 생각과 함께 포기하고 싶은 생각이 순간
순간 찾아오기도 한다. 자신이 원하는 목표가 쉬운 방법으로 단 한
번에 이루어지면 좋겠지만 그런 일은 좀처럼 찾아보기 힘들다. 쉽게
무엇인가를 얻으려고 하는 것은 이루어지지 않을 것을 마음에 품는
욕심에 불과하다.

물론 각자의 재능은 태어날 때부터 조금씩 다르다. 이렇듯 태어날
때부터 타고난 재능에 따라 목표를 이루어 내는 시간의 차이는 있을
수 있다. 그러나 노력 없이 단 한 번에 이루어지는 것은 이 세상 어
디에도 없다.

목표를 이루어 내는 데 절대적으로 필요한 것은 노력이다. 끊임없
이 지치지 않는 노력의 결과가 자신이 원하는 일을 이루느냐, 그렇
지 않으냐의 핵심이 된다. 그래서 이 세상에서 노력하지 않고 자신
이 원하는 것을 이루었다는 사람은 단 한 사람도 없다.

우리가 흔히 말하는 행운 역시 끊임없는 노력이 가져오는 결과다.
그러니까 끝까지 노력하는 것 자체가 목표를 이룰 수 있고, 꿈을 이
룰 수 있게 하는 것이다. 이렇듯 목표를 이루고, 꿈을 이루는 것은
한 번의 노력이 아닌 끊임없는 노력이라는 것을 기억해야 한다.

그리고 변하지 않는 노력이 자연스럽게 자신의 몸에 습관처럼 배

었을 때 행운이 찾아온다. 즉 끊임없이 노력할 때 자신이 원하는 것이 무엇이든 그것은 반드시 이루어진다.

　힘들고, 어렵고, 포기하고 싶을 때 기억해야 할 사람이 노력에 자신의 삶을 걸었던 사람들이다.

　많은 사람이 가리켜 천재라고 말하는 사람이 있다. 그래서인지 신라 시대 최고의 천재라고 일컬음을 받았던 사람이다. 그러나 그는 오히려 자기 스스로를 가리켜 '남이 백의 노력을 할 때 나는 천의 노력을 했다'라고 말한다. 즉 자신은 '인백기천(人百己千)'의 정신으로 노력했음을 강조한다. 그 사람이 바로 고운(孤雲) 최치원(崔致遠)이다.

　최치원은 그의 나이 겨우 열두 살에 세상의 중심이라고 일컫는 당나라 장안으로 유학을 떠났다. 아직 나침반도 없던 시절에 넘실거리는 파도와 멀고 먼 바다를 그저 뱃사람들의 경험에 의지해 멀고 먼 당나라까지 바다를 건너갔다. 대제국 당나라를 향해 떠나야 했던 열두 살, 어린 최치원은 넘실거리는 파도를 보면서 어떤 생각을 했을까?

　자신의 '인백기천'에 대해서는 신라로 돌아온 최치원이 왕에게 지어 올린 《계원필경집(桂苑筆耕集)》에 나타난다. 여기에서 당나라 생활 때 자신은 인백기천(人百己千), 즉 '남이 백을 노력하면 나는 천을 노력하겠다'라는 생각으로 행동했다고 이야기했다.

　최치원은 자신의 유학 시절을 회고할 때 '나의 모든 것은 끈질긴 노력으로 이루어 냈다' 라는 것을 강조한다. 그 간절한 노력이 바로 다른 사람들이 백 번의 노력으로 최선을 다할 때 자신은 그보다 10배인 천의 노력으로 최선을 다했다는 것이다. 즉 다른 사람들이 백 번을 쓰고, 읽고, 베끼고, 암기하면 자신은 천 번을 쓰고, 읽고, 베끼고, 암기하면서 자신을 철저하게 다잡았다는 것이다.

이렇듯 결국 천재라고 일컬음을 받았던 최치원의 힘은 끊임없는 노력이었다. 그런 노력으로 최치원은 당나라에 유학하여 오직 자신의 노력만으로 당당하게 자신에게 주어진 한계를 극복해 버린 사람이 되었다. 자신의 노력으로 자신의 미래를 꽃피운 것이다. '인백기천' 의 노력이면 원하는 것은 반드시 이루어진다는 믿음, 난관을 충분히 헤쳐나갈 수 있다는 믿음이 드디어 꽃을 피운 것이다.

노력에 자신의 삶을 걸었던 사람이 또 있다. 사람들은 그를 가리켜 '노력의 천재', '독서의 왕' 이라고 부른다. 그러나 그는 스스로를 일컬어서 '나는 다른 사람보다 어리석고 노둔한 사람이다. 나보다 어리석고 노둔한 사람은 없다.' 라고 말한다. 그 사람이 바로 조선 시대 중기의 백곡(栢谷) 김득신(金得臣)이다.

김득신은 자신의 노둔함을 알고 부단히 노력했다. 책을 읽기 시작하면 온종일 책을 읽었다고 한다. 그 노력은 무려 한 번 읽은 책을 일만 번 이상 반복해서 읽는 것으로 나타났다. 그러면서 만 번이 넘게 읽은 책이 많다고 이야기한다. 특히 사마천의 〈사기〉 '백이전(伯夷傳)' 은 일억 일만 삼천 번을 읽었다는 일화도 전해진다. 그래서 자신의 서재 이름을 억만재(億萬齋)라고 했다고 한다.

김득신은 공부를 포기하라는 많은 사람의 만류에도 불구하고 59세에 과거에 급제했다. 그는 한 권의 책을 소리 내어 읽고 또 읽어서 하인까지 그 책을 외울 정도였지만 정작 본인은 책의 내용을 기억하지 못했다고 한다.

그러나 그는 81세로 생을 마감할 때까지 시 1,588수와 글 182편이 실린 백곡집(柏谷集)을 비롯하여 여러 저서를 남기면서 17세기 조선을 대표하는 시인이 되었다. 그는 자신의 부족함을 알기에 치열하게 노력에 노력을 거듭했다. 이렇듯 노력을 이기는 것은 없다.

그의 묘비명에는 다음과 같이 쓰여 있다.

'재주가 남만 못하다 스스로 한계를 짓지 말라. 나보다 어리석고 둔한 사람도 없겠지만 결국에는 이룸이 있었다. 모든 것은 힘쓰는 데 달려있을 따름이다.'

'모든 것은 힘쓰는 데 달려있다' 라고 말한다. 내가 어떤 능력이 있고 어떤 수준인가 그것이 중요한 것이 아니라 내가 얼마나 노력하느냐가 중요하다. 그러므로 타고난 지능보다 노력하는 마음가짐이 그 어떤 것보다 가장 중요하다. 노력한다면 그게 무엇이든 이룰 수 있다. 힘들다고, 어렵다고 포기하지 말고 내가 하기로 했던 그 무언가를 반드시 해야 한다는 마음가짐으로 희망을 가지고 꾸준히 노력하는 삶이어야 한다.

03 _ 꿈은 이루어진다

'또나선생님' 이야기처럼 공부를 시작하고 처음 2개월은 정말이지 견디기 힘들었다. 그러나 다행인 것은 처음 2개월까지는 그래도 공부에 대한 열정이 그대로 남아 있었다는 것이다. 그러니 열정이 남아 있는 2개월 동안 공부를 끝낸다는 생각으로 공부를 하면 될 것도 같다는 생각이 들었다.

나는 두 개 자격증을 동시에 도전하는 것이기 때문에 무엇보다 공부 시작하고 첫 2개월은 황금 같은 시간이었다. 조그마한 자투리 시간도 내게는 황금처럼 다가왔다. 말 그대로 1초도 낭비할 수가 없었다.

새벽부터 시작된 공부는 온종일 머릿속을 떠나지 않았다. 진도를 나가는 것보다 반복과 복습을 유난히 강조하는 '떨오기공부법'에 따라 반복과 복습에 많은 시간을 할애했다. 공부 시간의 70% 이상을 복습 시간으로 사용했다. 그리고 30% 정도의 시간이 진도를 나가는 시간이었다. 그러니 하루 중에서 진도를 나가는 양은 극히 적었다.

그 대신 진도가 나간 단원에 대해서는 몇 번이고 반복으로 복습이 되니까 공부에 대한 부담이 없었다. 그러니까 지나간 단원은 반드시 알고 넘어갔다는 것이다. 이것은 복습이 반복될수록 자연히 이해되고 외워지는 장점이 있었다. 따로 외우려고 하지 않아도 외워지는 것이 '떨오기공부법'이었다.

이 방법은 공부에 대한 효과를 검증하기에 굉장히 훌륭한 공부법 이었다. 특히 '3' 곳에서 동시에 반복하면서 복습하는 것은 단숨에 기본서 한 권을 익히고, 체계를 잡는데 가장 좋은 방법이었다. '3' 곳에서 복습을 시작하면 많이 걸려도 이틀 정도면 한 과목이 끝이 났다. 한 과목을 일주일이면 3번 정도 진도를 마칠 수 있다는 것이다. 그러니 기본서 한 권이 머릿속에서 맴돌 정도로 빠르게 이해가 되고, 정리되었다.

나는 '떨오기공부법'을 잘 활용한 결과 치르는 시험마다 70점이 훨씬 넘는 성적으로 합격할 수 있었다. 처음에 목표한 70점이 아닌 더 높은 성적으로 '떨오기공부법'은 나에게 선물을 주었다.

그리고 드디어 내가 그토록 원하던 꿈이 이루어지는 순간들을 만나게 되었다. '떨오기공부법'으로 꿈을 이룬 것이다. 그리고 꿈은 그것을 간절히 원하면서 노력하면 반드시 이루어진다는 것을 경험했다.

주변 사람들을 살펴보면 어떤 사람들은 아주 적은 노력만으로도 자신이 원하는 시험에 척척 합격하는 사람이 있다. 그러나 몇 년 동안 아무리 노력해도 자신이 바라는 것을 이루지 못하는 사람도 있다. 그리고 공부에 대한 꿈조차 꾸지 못하는 사람도 있다.

이유가 무엇일까? 어째서 어떤 사람들은 아주 적은 노력만으로도 자신이 원하는 시험에 척척 합격하는데, 어떤 사람들은 몇 년을 고생하면서 노력해도 자신이 바라는 것을 이루지 못하는 사람도 생기는 것일까?

원인은 노력이 아니다. 합격하는 것이 모두 노력 때문이라고 한다면 잠자는 시간까지 아끼면서 공부하는 사람이 제일 먼저 합격해야한다. 그러나 결과는 그렇지가 않다.

따라서 이들의 차이는 바로 '공부법'에 있는 것이 분명하다. 공부법에는 공부 효과를 100% 끌어내는 힘이 있기 때문이다. 그러므로 자신이 목표로 하는 시험에 합격하기 위해서는 공부법이 중요하다. '공부법'의 힘을 충분히 이해하고, 활용한다면 그 효과에 놀랄 수밖에 없다.

그러나 그런 결과를 얻기 위해서는 '공부법'이 가지는 힘을 믿는 믿음과 '공부법'에서 제시하는 방법들을 적절하게 활용할 수 있어야 한다. 자신이 원하는 공부 목표가 있다면 '떨오기공부법'을 반드시 적용하고, 활용해야 한다. 공부 효과를 높여주는 올바른 공부법을 따른다면 반드시 좋은 결과를 얻을 수 있다.

'떨오기공부법'은 안으로 실력을 키우는 공부법이다. 이 공부법을 활용하다 보면 자신 안에서 공부에 대한 자신감이 자라는 것을 느낄 수 있다. 겉으로 보기에는 진도도 나가지 못하고 지지부진하게 보일지라도 공부하는 자신 속에서 실력이 자라고 있는 것을 알게 된다.

이것은 항아리에 물을 채우는 것과 같다. 양쪽 볼이 불룩한 항아리에 물을 채울 때 겉에서 보기에는 아무 흔적도 없고, 물이 차오르는 것 같지 않지만, 항아리 속에서는 물이 차오르는 것과 같다. 이 정도 되면 자신 속에서 시험에 합격할 것이라는 마음의 소리를 들을 수 있다.

나 역시 '떨오기공부법'을 착실하게 활용한 결과 결국 꿈을 이루는 기적을 만들 수 있었다. 지루하더라도 그 지루함을 이기면서 끝까지 '또나선생님'의 과외수업을 따라가기를 잘했다는 생각이 시험이 다 끝나도 내 생각에서 떠나지 않았다.

그러나 '또나선생님' 이야기처럼 공부 시작하고 첫 2개월은 혹독하다는 생각이 날마다 들었다. 더 이상은 이제 못할 것 같은 생각이 들 정도였다. 그때는 오늘만 공부하고 내일은 그냥 포기해야겠다는 생각이 하루에도 몇 번씩 들었다. 그리고 공부를 해야 하는 이유는 하나도 생각이 나지 않고, 공부를 포기해야 하는 이유만 날마다 생각났다. 그만큼 나 자신과의 싸움이 치열했다.

마음 한쪽에서는 꿈이 생각났지만, 부정적인 상황도 많이 생겨났다. 마음속에서 부정적인 생각들이 쉬지 않고 떠올랐다가 사라지곤 했었다. 그리고 내가 지금까지 알지 못했던 내 안에 숨겨진 나약한 모습을 마주할 때마다 놀라울 뿐이었다. 상상할 수도 없었던 내 안의 한계 앞에서도 좌절할 수밖에 없었다.

그러나 나약한 내 모습에 놀라고, 변변치 못한 내 한계에 놀라면서도 나는 끝까지 공부에 대한 미련을 버릴 수 없었다. 오랜만에 다시 찾은 내 꿈을 그렇게 놓아버릴 수는 없었다.

그래서 그때마다 내가 두 개 자격증 시험에 당당하게 합격한 모습을 상상했다. 가족들 앞에서 잘난 체하면서 서게 될 날을 상상하면서 실제로 그 모습을 노트 한쪽에 그려보기도 했다. 그리고 어떠한 어려움도 이겨내면서 꿈을 이루는 내 모습을 아이들에게 꼭 보여주고 싶었다.

그 순간을 상상했다. 그 순간의 공기를 상상했고, 그 순간의 모습을 눈을 감고 느꼈다. 상상할수록 행복했고, 상상할수록 꼭 합격하고 싶었다. 그리고 그 상상은 이제 모두 이루어졌다.

현재 나는 공부하면서 했던 상상을 모두 누리는 행복을 맛보고 있다. 이토록 상상하는 것은 힘이 컸다. 상상한 것은 반드시 현실이 된다는 것은 맞는 말이다.

나는 공부를 하는 동안 내 인생이 반드시 바뀌기를 기대했다. 그런데 내 인생이 이토록 바뀌기를 기대하고 원하는 사람은 나 혼자밖에 없다는 것을 알았다. 가족 누구도 내가 하는 공부에 관심이 없었고, 그렇다고 내가 바뀌고 싶어 하는 인생에도 관심이 없었다. 당연히 내 꿈에도 관심이 없었다. 오로지 꿈을 꾸고, 목표를 가지고 인생이 바뀌기를 바라는 몫은 바로 내 몫이었다.

그러나 혼자 바라본 꿈이 이루어지자 이때부터 가족들도 내 꿈이 이루어진 것에 관심을 가지고 나를 바라봐 주기 시작했다. 그리고 내 꿈을 이룬 것에 관심을 가지는 사람들이 하나, 둘 늘어났다.

PART

03

∎

합격을 위한
떨오기공부법 '톡톡'

66

누구나 포기하고 싶고
좌절되는 순간이 있습니다. 하지만 중요한 것은
그 이후에 어떻게 하느냐입니다.

99

PART _ 03

합격을 위한
떨오기공부법 '톡톡'

01 _ 공부는 나를 이겨내는 것이다

수험생활은 고된 여정임이 분명합니다. 저는 수험생활을 가만히 생각해보면 '공부는 나 자신을 이겨내는 것이다' 라는 생각이 듭니다. 즉 공부는 나 자신과 싸움이라고 생각합니다. 특히 중년 이후로 하는 공부는 공부 자체도 의미가 있겠지만 사실은 나를 이겨내는 과정으로 의미가 더 크다고 봅니다

시험에 합격하느냐 불합격하느냐가 문제가 아닙니다. 공부는 나를 이겨내느냐 나를 이겨내지 못하느냐의 문제입니다. 고된 수험생활을 시작하신 모든 분은 지금 나를 이겨내는 과정에 있다고 생각하시면 됩니다.

저도 수험생활 내내 어깨가 너무 아파서 누워도 고통스럽고 앉아 있어도, 서 있어도 고통스러운 생활을 했습니다. 두통에 시달리면서

아픈 어깨를 붙들고 병원 다니면서 진통제를 책 옆에 두고 공부했습니다. 그때마다 '내일부터는 당장 그만두겠다' 라는 생각이 하루에도 몇 번씩 찾아왔습니다. 그러나 그때마다 '나를 이겨내야겠다' 라는 생각을 쉬지 않고 했습니다.

제 경험으로는 '나를 이겨내야겠다' 라고 생각한다면 너무 멀리 바라보지 않아야 한다는 겁니다. 두꺼운 수험서, 문제집은 보기만 해도 머리가 무겁습니다. '이렇게 두꺼운 책을 어떻게 다 공부할까' 라고 책 한 권을 모두 바라보면서 힘들어하지 않아야 합니다.

나를 이기는 것은 두꺼운 책 한 권을 모두 공부하는 것으로 이겨내는 것이 아니라 하루하루로 나누어서 이겨내면 됩니다. 즉 오늘만 나를 이기면 됩니다. 그리고 내일이 되면 또 오늘만 나를 이기면 됩니다. 우리는 하루의 기적을 만들어 내면 됩니다.

오늘, 나를 이기는 기적이 하루의 기적입니다. 이 하루의 기적을 시험 당일까지 만들어 내면서 차근차근 나를 이겨내는 겁니다. 기억하십시오 하루의 기적입니다.

'공부는 나를 이겨내는 것이다.'

의자에 오랫동안 앉아 있는 연습, 온갖 잡념을 이겨내는 연습, 휴대전화에서 멀어지는 연습, 오늘 계획한 학습 목표를 성취하는 연습, 잠자고 싶고 쉬고 싶은 욕구를 참는 연습, 끊이지 않는 두통을 견디는 연습, 아픔을 참고 견디는 연습, 여유롭게 차 한잔하고 싶은 마음을 참는 연습, 불안한 마음을 이겨내는 연습, 포기하고 싶은 마음을 참아내는 연습 등 이 모든 연습에서 나를 이겨내는 것입니다.

기억하십시오. 우리는 이 모든 연습을 끝까지 참고 이겨내서 결국은 나를 이겨낼 수 있습니다. 나를 이겨낸 상금으로 합격증을 받을 수 있고, 나를 이겨낸 상금으로 자신감을 얻을 수 있고, 나를 이겨낸 상금으로 스스로 나를 대견하게 생각하면서 자존감을 더 높일 수 있습니다.

우리가 얻게 될 보너스는 수험 기간 내내 줄기차게 따라다녔던 두통을 참고 견딘 것에 대한 상금이고, 한순간도 사라지지 않았던 어깨의 아픔을 참고 견딘 것에 대한 상금이고, 더 자고 싶고 더 쉬고 싶은 욕구를 참아낸 것에 대한 상금이고, 여유롭게 차 한 잔 마시고 싶은 마음을 참고 견딘 것에 대한 상금입니다.

단순히 합격 점수를 넘겨서 받게 된 합격증이 아닙니다. 합격증은 수험 기간 겪었던 어려움과 두려움, 불안한 마음, 우리가 참아낸 모든 것에 대한 증표입니다.

수험 기간, 나를 이겨내기만 하면 우리를 위해 준비된 상금이 많습니다. 오늘도 하루의 기적을 위해서 파이팅을 외칩니다.

02 _ 수험생에게 필요한 4가지

수험생에게 필요한 것이 4가지입니다. 먼저 4가지를 다 말씀드리기 전에 4가지 중에서 제일 중요한 것은 '간절함'입니다. '나는 이 시험에 꼭 합격해야 한다.' 라는 간절함입니다.

합격하면 좋고 만약 불합격하면 경험을 쌓는다고 생각하면서 공부를 하는 것과 반드시 합격해야 한다고 생각하면서 공부하는 것에는 효과 면에서 많은 차이가 있습니다.

반드시 합격해야 한다고 생각하면서 공부하면 스펀지가 물을 빨아들이듯 공부 내용을 쏙쏙 빨아들이게 됩니다. 하지만 경험을 쌓는다고 생각하면서 공부하면 공부가 내 것으로 쌓이지 않습니다. 강의를 들어도 집중이 안 되고 강의와 생각이 따로 나뉘게 됩니다.

사람은 자신이 듣고 싶은 것만 듣는다고 합니다. 그러니 경험을 쌓는다고 생각하고 강의를 듣게 되면 그 강의가 내 것이 되는 것이 더 이상한 일일 것입니다.

제가 검정고시 학원을 운영하면서 수업을 할 때의 경험입니다. 지금으로부터 약 20여 년 전에 75세 할머니께서 중학교 검정고시 공부를 하시겠다고 학원을 오셨습니다. 약 20여 년 전에 75세의 나이는 할머니라고 부르기 충분한 연세였습니다.

그때 당시 제 생각으로는 75세 연세에 공부를, 그것도 중학교 검정고시 공부를 하시겠다고 도전하시는 모습이 오히려 의아해 보였습니다.

'무슨 저 연세에 공부를. 그것도 중학교 검정고시 합격해서 뭐 하시게? 건강도 좋아 보이지도 않는데...'

온갖 궁금증이 제 머리를 떠나지 않았습니다.

어느 날 75세 할머니와 차 한잔하면서 그동안 궁금하던 것을 물어보았습니다.

"지금 연세도 많으신데 왜 공부를 하세요? 가족들은 반대하지 않으세요? 몸은 아픈 데 없으세요?"

할머니는 대답하셨습니다.

"선생님, 제 나이가 이제 곧 죽을 나이입니다. 몸도 이곳저곳이 아파서 약을 먹고 병원에 다니고 있습니다. 그러니 이제 인생을 정리하고 마감해야 하는 나이입니다. 어렸을 때는 부모님 말씀 따라서 살았고, 시집와서는 시댁 뒷바라지며 자식들 낳아 키우고 영감님 뒷바라지하느라 세월이 이렇게 흘러 버린 지도 몰랐습니다. 그런데 이제 어느덧 죽을 나이가 돼버렸습니다. 인생을 정리해야 한다고 생각하니까 제 가슴에 공부 못한 것이 한으로 남아 있던 게 생각이 나면서 죽기 전에 한을 풀어야겠다는 생각이 들었습니다. 가족들이 모두 반대했지만 저는 가족 반대가 문제가 아니었습니다. 그래서 공부를 시작했습니다. 선생님 저는 합격증 따서 눈으로 사진을 찍어서 저승 갈 때 가져가려고 합니다."

말씀을 마치시던 눈에 눈물이 맺히는 것을 보았습니다. 순간 '이것이 간절함이구나. 그래 바로 이것이 간절함이야.' 라는 생각이 들었습니다. 75세 할머니의 간절함 앞에서 저는 할 말이 없었습니다. 더 궁금한 것도, 더 물어보고 싶은 것도 없었습니다. 오직 마음속에는 '저 간절함을 내가 풀어드려야겠다.' 라는 생각밖에 없었습니다.

75세 할머니는 2년 만에 중학교, 고등학교 검정고시 시험에 합격하시고 대학에 진학하는 기쁨을 안으셨습니다. 평생 가슴에 남아 있던 한을 풀기 위해, 지금 도전하지 않으면 영원히 기회가 없을 것 같아서 공부하신다던 75세 할머니의 간절함은 끝내 한을 풀어내는 소중한 기회가 되었습니다.

또 한 분의 이야기를 더하겠습니다. 지금으로부터 약 15년 전 이야기입니다. 40대 자매가 중학교 검정고시를 공부하겠다고 오셨습니다. 자매는 참 열심히 수업에 참석했고 숙제도 잘 해오셨습니다. 그런데 간혹 동생이 결석하는 날이 있었고 그때마다 언니 혼자 와서 동생에게 줄 자료를 받아 갔습니다.

공부만 하는 것이 아니라 장사도 같이하고 계셨기 때문에 저는 '바쁘신가 보다.' 라고 생각했습니다. 그러던 어느 날 자매와 이야기를 나눌 시간이 있었습니다. 저는 대수롭지 않게 자매 중 동생에게 물어봤습니다.

"요즘 바쁘세요?"

제 물음에 동생과 언니 눈에 눈물이 고였습니다. 순간 제가 묻지 말아야 하는 것을 물어봤는지 생각이 복잡했습니다. 조금 지난 후 동생이 차분한 목소리로 말했습니다.

"선생님, 저는 위암입니다. 병원에서는 희망이 없다고 합니다."

순간 어리둥절했습니다. '가게가 바빠서 간혹 결석하신다고 생각 했는데 이게 무슨 말인가?' 싶은 생각과 생각하지도 못한 대답에 말문이 막혔습니다. 어쩔 줄 모르는 제 모습을 보면서 동생이 이야기를 이어갔습니다.

"저는 큰 욕심 없습니다. 제가 마지막으로 나에게 선물을 주어야 겠는데 어떤 게 좋을까 생각해보면서 스스로 물어봤습니다. 무엇이 받고 싶으냐고. 그랬더니 평생에 하고 싶었고, 평생에 그리움으로 남아 있던 공부를 선물로 받고 싶다는 생각이 들었습니다. 공부는 저에게 주는 마지막 선물입니다."

이야기하는 동생은 담담한데 제 가슴은 뛰기 시작했습니다. 손가락 하나 움직일 수가 없었습니다. 자매가 떠난 빈자리를 바라보면서 한참을 앉아 있는데 눈물이 흘렀습니다.

마지막으로 자신에게 주고 싶은 선물이 공부였다고 말하던 동생의 간절함이 지금도 느껴집니다.

이렇듯 수험생에게 필요한 것 중에서 제일 중요한 것은 간절함입니다.

지금 당장 내가 왜 이 시험에서 합격해야 하는지 그 이유를 깨끗한 종이에 적어보십시오. 온종일 어떤 생각을 하는지 적어보십시오. 무엇이 나로 하여금 이 공부를 시작하게 했는지 적어보십시오. 그리고 종이에 적은 것을 보면서 이것이 나에게 얼마나 간절한지도 같이 적어보십시오.

아프레드 D 수자 시인은 노래합니다.

"살라, 오늘이 마지막 날인 것처럼"

간절하십니까? 그렇다면 걱정하지 마십시오. 당신은 분명 합격할 수 있습니다.

수험생에게 필요한 4가지 중에서 두 번째는 '창피함' 입니다. 만약 준비하고 있는 시험에서 불합격했을 때 내게 가장 창피함을 느끼게 할 사람, 그 사람이 반드시 한 명은 있어야 합니다. 창피함을 느끼게 해 줄 사람이 있어야 공부가 됩니다.

시험에 불합격해도 아무에게도 창피할 사람이 없다면 공부에 긴장감이 생기지 않습니다. 조금이라도 여유시간이 생기면 쉬고 싶고, 눕고 싶은 마음은 누구에게나 있습니다. 만약 시험에 불합격해도 창피함을 느끼게 해 줄 사람이 아무도 없다면 여유시간에 공부하기란 어렵습니다.

자신이 공부하는 것을 아무에게도 말하지 않고 아무도 모르게 공부하는 사람이 있습니다. 왜인지 아십니까? 이런 사람들은 자신이 불합격하면 창피하다는 것을 알기에 미리 창피함을 예방하는 차원에서 방어막을 치고 공부하는 것입니다. 이것은 시험에 떨어질 수도 있다는 자신만의 계산입니다.

기억하십시오. 스스로 자신에게 하는 말이 결국 시험의 결과를 결정짓습니다. 스스로 '나는 시험에 불합격할 수도 있다.'라고 자신에게 말한다면 그대로 될 확률이 높습니다.

항해하는 배에게 바람은 분명 방해가 될 수 있습니다. 그러나 그 바람으로 배는 목적지에 더 빨리 도착할 수 있습니다.

공부하다가 불합격했을 때 내게 창피함을 줄 사람을 떠올리기만 한다면 스트레스입니다. 공부하는 것도 힘든데 생각만 해도 창피할 사람 때문에 스트레스가 더 커지는 것도 사실입니다. 그러나 바람을 만난 배는 바람을 타고 목적지에 더 빠르게 도착할 수 있다는 것을 기억하시면 됩니다.

오늘 당장 자신이 시험에 불합격했을 때 가장 창피함을 줄 사람을 생각해보십시오. 그리고 그 사람을 찾아가서 '지금 나는 이러이러한 공부를 하고 있고 내 목표는 이것이다.'라고 말씀하십시오.

자다가도 그 사람만 생각하면 잠이 깨고, 쉬고 싶고 눕고 싶어도 그 사람만 생각하면 쉴 수도 없고, 누울 수도 없어서 공부할 수밖에 없는 그 사람이 우리에게 바람이 되어서 우리가 목표하는 것을 더 빠르게 성취할 수 있게 해 줄 것입니다.

　수험생에게 필요한 4가지 중에서 세 번째는 '강사' 입니다. 어떤 강사 수업을 수강하느냐가 수험생활 중에서 중요합니다. 그러니 나에게 맞는 강사를 찾는 것이 수험생에게 필요한 것 중의 하나입니다.

　인터넷 강의로 시험을 준비하든 학원을 다니든 이것은 합격하는데 큰 비중을 차지하는 것 중의 하나입니다. 유명한 강사 수업이 나에게 맞을 수도 있습니다. 그러나 그렇지 않을 수도 있기 때문에 반드시 신중히 선택해야 합니다. 어떤 강사의 수업을 수강하느냐가 수험 기간을 좌지우지할 수 있다는 것을 기억하십시오.

　수험생에게 필요한 4가지 중에서 네 번째는 '반복' 입니다. '떨오기공부법' 은 처음과 끝이 반복입니다. '떨오기공부법' 을 차근차근 익히고 또 익혀서 반드시 반복 또 반복해야 합니다.

　기억하십시오. 우리는 할 수 있습니다.

03 _ 불안한 마음 다스리기

공부하면 불안한 마음이 여러 가지 이유로 많이 찾아옵니다. 지금 하는 공부 방법이 잘하고 있는 것인지도 불안하고, 진도를 나가는 것이 너무 느린 것은 아닌지도 불안합니다. 불합격하면 어쩌나 싶어 불안하고, 수험생활이 길어지는 것은 아닌지도 불안합니다. 다른 수험생들을 보면 참고 자료도 많아 보이고, 한 번씩 이야기해보면 벌써 내용을 모두 이해하고 암기까지 돼 있는 것 같은데 나만 뒤처지는 것 같기도 해서 불안합니다. 이렇듯 온통 불안한 감정이 수험생활 내내 따라다닙니다.

이런 불안한 마음을 다스리지 못해서 수험생활을 견디지 못하고 포기하는 사람도 있습니다. 이들은 생각보다 이해도 어렵고 암기는 더더욱 어렵다고 느끼면서 이 상황을 견디지 못합니다. 그러니 불안과 더불어 생각나는 것은 공부를 포기해야 하는 이유만 생각나게 돼 있습니다.

그러나 수험생활 중에 불안한 감정이 전혀 없이 공부하는 사람은 저는 없다고 생각합니다. 만약 불안한 감정이 전혀 없이 공부했다는 사람이 있다면 과연 몇 명이나 될까 싶습니다.

수험생활 중에 불안한 감정이 생기는 것은 자연스러운 현상입니다. 그리고 나만 불안한 것이 아니라 공부를 준비하고 있는 사람은 모두 불안한 감정과 같이 있다고 생각하면 됩니다.

이런 생각과 더불어 해야 할 생각이 있습니다. 마음속으로 '나는 시험 때문에 불안한 것은 이번이 마지막이다. 다시는 시험 때문에 이렇게 불안해하지 않을 거다. 그러므로 시험 때문에 오는 불안은 이번이 마지막이다.' 라고 생각하면 됩니다.

'이번이 시험 때문에 불안해하는 것은 끝이다.' 라고 생각한다면 지금 겪고 있는 이 불안을 즐길 수 있습니다. '내가 목표를 이루는 과정 중에 불안도 하나의 과정으로 있구나.' 라고 생각하면서 '자연스러운 감정이라면 수험생활 내내 같이 가야겠다.' 라고 생각하면서 불안한 감정을 오히려 즐기면 됩니다.

빈센트 반 고흐는 말합니다.

"자신의 내면에서 '넌 화가가 될 자질이 없어!' 라는 소리가 들려온다면 묵묵히 계속 그림을 그려라. 그러면 그 소리가 잠잠해질 것이다."

다만 불안한 생각에 갇혀서 목표를 잃어버리거나 포기해서는 안 됩니다. 그리고 지금 잘하고 있는 공부 방법이 흔들리거나 공부 방향이 흔들려서도 안 됩니다.

스스로 자신에게 물어보는 겁니다. '지금 공부 방법과 공부 방향이 잘 되고 있어?' 라고 물어보면 자신의 마음에서 대답이 생각납니다.

마음에서 '잘되고 있다' 라는 생각이 든다면 문제없다는 것입니다. 이때는 공부 방법을 바꾸거나 방향이 흔들려서는 안 됩니다. 공부하는 중간에 아무 문제 없는 공부 방법이나 방향이 흔들려버리면 시간 낭비를 가져오게 됩니다. 그러다 보면 내가 목표하고 있는 것과 조금씩 멀어질 수도 있습니다.

그러나 마음에서 지금 공부 방법이나 방향이 문제가 있다고 생각한다면 냉정하게 점검해야 합니다. 어떤 부분이 잘못됐고 어디를 어떻게, 어디서부터 바꾸어야 하는지 꼼꼼하게 살펴본 후에 반드시 바꾸어야 합니다.

아무 문제 없는 공부 방법과 방향을 바꾸는 것도 목표에서 멀어지게 만들지만 잘못된 공부 방법과 방향 역시 내가 목표하고 있는 것에서 멀어지게 하기 때문입니다.

이런 의미에서 '떨오기공부법' 은 최고의 공부법입니다. '떨오기공부법' 을 계속 실천하면 공부가 내공처럼 쌓이기 때문에 불안한 마음은 자연스레 없어지게 됩니다.

04 _ 궁금증을 풀기 위해서라도 포기하지 않고 끝까지 간다

우리가 어렵게 공부에 도전하려고 하면 도전해야 하는 이유보다 공부를 포기해야 할 이유가 먼저 생각납니다. 그러니 공부에 도전하는 이유가 포기해야 하는 이유보다 더 크고 또렷하게 보이면 좋겠지만 막상 그렇지 않은 것이 현실입니다. 아무리 단단히 마음을 굳히고 다짐을 해도 포기해야 할 이유가 도전해야 할 이유보다 더 많게 느껴집니다.

저 역시 공인중개사와 주택관리사 두 개 자격증에 동시에 도전하면서 도전해야 하는 이유와 포기해야 하는 이유를 생각해보면 포기해야 할 이유가 훨씬 많아 보였습니다. 그리고 포기해야 할 이유가 더 선명하고 크게 보였습니다.

그러나 중요한 것은 포기하지 않는 것입니다. 끝까지 버텨내는 겁니다. 공부가 힘들고 어려울 때는 합격이라는 관문을 통과하는 것이 태산처럼 느껴지지만 결국 어떤 태산도 넘을 수 있습니다.

포기하지 않고 끝까지 버텨내기만 하면 반드시 합격에 이르는 순간이 옵니다. 힘을 내십시오. 그리고 합격을 이룬 많은 수험생 역시 포기하고 싶은 상황에서도 절대 포기하지 않고 끝까지 버텼기 때문에 합격이라는 열매를 거둘 수 있었다는 것을 명심하면 됩니다.

간혹 너무 힘들어 눈물이 나면 실컷 울어버리십시오. 하지만 실컷 울어버리는 것도 자신의 목표를 위해서 앞으로 나아가는 길 위에서 울어야 합니다. 아무리 힘들고 어려워도 내가 가야 할 목표에서 벗어나면 안 됩니다. 내가 가야 할 목표만 잃지 않는다면 반드시 목표에 도달해 있을 겁니다.

'궁금증을 풀기 위해서라도 포기하지 않고 끝까지 갔다.' 라고 말씀하시는 분이 계십니다. 운전면허증을 따기 위해서 960번을 도전한 69세 차사순 할머니 이야기입니다.

2005년 4월부터 면허증 취득에 나선 차사순 할머니는 필기시험에서 949번이나 떨어지는 등 모두 960번의 도전 끝에 5년 만에 면허증을 따셨습니다.

차사순 할머니는 시험장이 쉬는 주말이나 국경일을 제외하면 거의 매일 운전면허시험장을 찾아 시험을 치렀지만 합격하기까지는 960번이라는 어마어마한 도전이 필요했습니다.

차사순 할머니는 면허증을 따야겠다는 목표를 끝까지 포기하지도 않았고, 버리지도 않았고, 좌절하지도 않았습니다. 목표를 잃지 않았던 차사순 할머니는 자신의 목표를 당당하게 이루었습니다.

누구나 포기하고 싶고 좌절되는 순간이 있습니다. 하지만 중요한 것은 그 이후에 어떻게 하느냐입니다.

차사순 할머니 역시 960번이나 운전면허 시험에 도전하고 있을 때 과연 포기하고 싶고 좌절되는 순간이 없었을까요? 제 생각에는 좌절되는 순간이 많이, 그것도 아주 많았을 것 같습니다. 그러나 960번 도전 끝에 목표를 이룬 69세 차사순 할머니는 오히려 우리에게 희망을 잃지 말 것을 당부하십니다.

"이 늙은 사람도 희망을 포기하지 않고 노력해서 면허증을 땄으니 젊은이들도 모든 일에 끝까지 도전하기를 바란다. 뭐든지 끝까지 가보지 않으면 아무것도 알 수가 없다. 끝까지 가봐야 무엇이 있는지 알 수 있다. 그러니 궁금한 것을 풀기 위해서라도 포기하지 말고 끝까지 가보라는 말을 해 주고 싶다."

제가 검정고시 학원을 운영할 때 만난 분 이야기입니다. 그때 그분의 연세가 약 63세 정도였던 것으로 기억합니다.

어느 날 학원을 방문한 63세 주부님은 한글을 배우고 싶다고 오셨습니다. 어렸을 때 집안 형편이 어려워서 학교에 다니지 못했다고 하면서 자신의 목표를 조심스럽게 말씀하셨습니다.

"한글부터 공부해서 초등학교부터 고등학교 검정고시에 합격하고 대학에 가려고 생각하는데 너무 멀어 보입니다. 선생님, 할 수 있을까요?"

제게 할 수 있겠냐고 물어보셨지만 63세 주부님은 자신의 목표를 더 늦기 전에 도전해야겠다고 결정한 상태였습니다. 다음 날부터 63세 주부님의 한글 배우기가 시작되었습니다. 자신의 목표를 위하여 드디어 첫걸음을 옮기신 겁니다.

공부를 시작하신 63세 주부님은 뇌출혈로 두 번이나 죽음의 문턱까지 가봤다고 하시면서 '죽음 앞에 가보니까 공부가 너무 하고 싶었다.' 라고 하셨습니다.

시간이 흘러 한글 배우기가 어느 정도 마무리되었고 초등학교 검정고시 시험에 합격한 어느 날 63세 주부님은 또 다른 목표를 꿈꾸기 시작하셨습니다. 바로 운전면허증을 취득해서 자동차를 운전하고 싶다는 꿈이었습니다.

그렇게 시작된 운전면허증 취득의 길은 험난했습니다. 시험 볼 때마다 불합격이었고 그 시간이 오래 흘렀습니다. 그러나 63세 주부님 역시 69세 차사순 할머니처럼 포기하지 않았습니다. 불합격할 때마다 오히려 웃으면서 말씀하셨습니다.

"선생님, 걱정하지 마세요. 시험을 보다 보면 합격할 날이 있을 겁니다."

이 말씀을 하시면서 웃던 모습이 아직도 또렷하게 떠오릅니다. 이후 포기하지도 않고 좌절하지도 않는 그 끈기 하나로 계속 도전한 운전면허 시험은 결국 합격이라는 이름으로 당당한 하게 63세 주부님을 찾아왔습니다.

운전면허 시험은 63세 주부님의 입장에서 험난해 보이기만 하고 태산같이 느껴지기만 했습니다. 하지만 결국 운전면허 시험에 당당하게 합격했고 베스트 드라이버가 되셨습니다.

운전면허 시험에 합격한 자신감으로 중학교 검정고시에도 합격하시고 고등학교 검정고시에도 합격하셔서 학원을 졸업하셨습니다. 이후 대학에도 진학하셨다는 소식을 전해주셨습니다.

어떤 것을 목표로 삼으셨습니까? 끝까지 자신의 목표를 붙잡아야 합니다. 동트기 전의 어둠이 가장 어둡다는 것을 기억하고 목표를 절대 포기하거나 놓쳐서는 안 됩니다. 포기하지 않고 놓치지 않은 목표는 반드시 현실이 되어 자신 앞에 모습을 드러낼 겁니다. 목표를 이룬 그날을 상상하면서 오늘도 힘내고 파이팅을 외치면 됩니다.

PART

04

시험장에서 해야 할 일

66

시험 종료 10분 전에는
반드시 답안을 답안지에 옮겨 적기
시작해야 합니다.

99

PART _ 04

시험장에서 해야 할 일

01 _ D-1 정리와 문제 풀 때 실수 줄이는 방법

시험 전날은 되도록 일찍 일어나서 새벽 시간과 오전 시간을 효과적으로 활용하는 것이 좋습니다. 평소에 낮잠을 자거나 틈새 수면을 잤다면 시험 전날은 되도록 밤에 숙면을 위해서 낮잠이나 틈새 수면은 삼가야 합니다.

수면시간은 평소보다 약 1시간 정도 이른 시간에 잠자리에 드는 것이 좋습니다. 만약 잠이 오지 않는다고 수면제를 먹거나, 불안하다고 청심환 종류를 먹는 것은 좋지 않습니다. 잠이 오지 않는다면 숙면에 도움이 되는 따뜻한 차를 마시는 것을 권해드립니다.

시험 전날에는 새벽 공부, 오전 공부, 오후 공부, 저녁 공부해서 시간을 4타임으로 나누어 효율적으로 활용해야 합니다. 특히 시험 전날은 자신이 준비한 과목을 전부 빠르게 통독하는 것이 좋습니다.

기본서에 단권화했던 내용이나 마지막에 정리했던 정리 노트 등에서 시험에 나올만한 중요한 사항을 빠르게 정리해야 합니다. 시험에 나올 것 같지만 아직 암기가 부족한 부분이 있다면 빠르게 훑어나가면서 통독하는 것이 중요합니다.

중요하지 않은 부분에 너무 부담감을 느끼지 말고 시험에 자주 출제되지 않는 단원을 과감하게 넘어가는 용기도 필요합니다. 시험을 위한 공부를 해야 한다는 것을 기억하셔야 합니다. 지식을 쌓기 위해서 공부하는 것이 아닙니다. 그러므로 중요도가 떨어지는 내용까지 모두 공부하는 것은 오히려 마지막 정리에서는 방해가 될 뿐입니다.

시험에 자주 나오지 않는 부분은 과감하게 버리고 시험에 무조건 나오는 중요 내용 위주로 빠르게 공부해야 합니다.

시험장에서 꼭 필요한 기본서와 필기구, 수험표, 신분증 등을 미리 가방에 잘 넣어두는 것도 필요합니다. 시험 당일에는 평소보다 긴장되고 정신이 없어서 꼭 챙겨야 할 자료와 신분증 등을 빠뜨릴 수 있기 때문입니다. 시험장까지 가는 방법을 확인해 두는 것도 중요합니다.

문제 풀 때 실수를 줄이기 위해서는 먼저 시험장에 여유 있게 도착해야 합니다. 되도록 시험 시작 시간보다 2시간은 먼저 시험장에 도착해야 합니다. 2시간은 먼저 도착하려면 집에서 몇 시에 출발해야 하는지 계산해서 시험장에는 여유 있게 도착해야 합니다.

간혹 시험 시간에 맞추어서 허겁지겁 입실하는 수험생이 있습니다. 이렇게 허겁지겁 시험장에 도착한 수험생에게 좋은 성적을 기대하기란 어려운 일입니다. 제 경험으로도 허겁지겁 시험장에 도착한 수험생 중에서 좋은 성적을 받았던 사람은 없었습니다.

2시간 전에는 시험장에 도착해야 시험장 분위기에도 적응이 되고 차분한 마음으로 1교시 과목을 준비할 수 있습니다.

시험 당일에는 불안감이나 긴장감으로 심하게 떨릴 수 있습니다. 이때에는 가져간 생수를 한 모금 마시고 편안하게 심호흡을 하면서 스스로 이야기를 거는 겁니다.

'나는 열심히 준비했고 오늘 내가 준비한 모든 실력을 마음껏 발휘해서 반드시 합격한다. 나는 합격할 수 있다. 나는 반드시 합격한다. 차분히 내 실력을 발휘하자.'

이렇게 자기 자신에게 확신에 찬 말을 걸고 긍정적인 생각으로 스스로 확신을 가지는 것이 중요합니다. 시험장에서 믿을 수 있는 사람은 오직 나 자신입니다. 시험장에서는 나 혼자만의 싸움입니다. 어떤 문제라도 나 혼자 해결해야 하는 고독의 시간이라고 할 수 있습니다. 그러므로 최대한 긍정적인 생각으로 자신에게 확신을 가지고 문제를 풀어야 합니다.

시험지를 받으면 시간을 잘 분배해야 합니다. 시험 시간을 제대로 맞추지 못하면 1년 공부가 무너지게 됩니다. 문제를 푸는 중간에 시계를 봐 가면서 시간을 확인해야 합니다. 물론 시험이 끝나기 약 20분 전에 감독관이 남은 시간에 대해서 안내해 줍니다. 그러나 감독관 이야기를 듣는 순간부터는 더 긴장돼서 시험문제가 제대로 풀어지지 않습니다. 그러니 칠판 앞에 있는 시계를 보든지 자신의 시계를 보든지 해서 시간을 확인해야 합니다.

문제를 풀 때는 자신 있는 문제는 먼저 풀고 모르는 문제는 별표나 동그라미 등 자신만이 아는 표시를 크게 해 두고 넘어가야 합니다. 모르는 문제를 두 번, 세 번 생각하다가 시간이 부족해서 뒤에 문제를 풀지 못하는 상황이 생길 수도 있기 때문입니다.

자신 있는 문제를 모두 풀고 난 후 마킹까지 끝내고 이제 모르겠다고 별표나 동그라미 했던 문제를 빠르게 점검하면서 풀면 됩니다. 만약 아무리 생각해도 답을 모르겠다면 과감하게 한 번호로 쭉 내려 적는 것도 하나의 방법입니다.

이미 답을 체크 한 문제를 다시 점검하다가 답을 잘못 체크한 것을 발견할 수 있습니다. 그래서 다른 답으로 바꾸려면 바꾸려는 답이 정확하게 맞다는 확신이 있을 때 바꾸는 것이 좋습니다.

그러나 이것도 맞는 것 같고, 저것도 맞는 것 같다는 생각이 든다면 처음에 정답으로 마킹한 것을 되도록 안 바꾸는 것이 좋습니다. 처음에 체크한 것이 정답일 확률이 더 높습니다. 하지만 다른 것이 정답이다는 확신이 있는 것은 바꾸어야 합니다.

시험 종료 10분 전에는 반드시 답안을 답안지에 옮겨 적기 시작해야 합니다. 시험을 치르는 중에는 긴장하고, 불안하기 때문에 평소 마킹을 실수 없이 하던 수험생도 실수하거나 틀려서 답안지를 교체해야 하는 경우가 있습니다. 그러므로 최대한 침착한 마음으로 차근차근 답안지 마킹을 해야 합니다.

02 _ 컨디션 조절과 쉬는 시간 활용하기

시험에 합격하는 데 가장 크게 영향을 미치는 것은 두 가지입니다. 첫 번째는 공부 방법입니다. 즉 공부법입니다. 공부법에 대해서는 '떨오기공부법'을 이미 소개했습니다. 다시 강조합니다. '떨오기공부법'은 공부법 중에 최고라고 자신 있게 말할 수 있습니다. 시험에서 합격을 결정하는 핵심 중 핵심이 '떨오기공부법'입니다.

두 번째는 시험장에서 느끼는 컨디션입니다. 시험장에서 느끼는 컨디션이 어떤 상태인가에 따라서도 시험에 합격하느냐 불합격하느냐에 큰 영향을 미칩니다. 시험 당일에는 누구나 떨릴 수밖에 없습니다. 떨리는 것이 하나도 없다고 한다면 그 사람은 시험을 준비하지 않고 경험 삼아 시험을 보는 사람일 확률이 높습니다.

저 역시 시험 전날부터 긴장되고 떨려서 컨디션 조절이 어려웠습니다. '떨오기공부법'으로 철저하게 준비를 한다고는 했지만 떨리고 긴장되는 것은 자연스러운 현상이었습니다. 이렇듯 시험 준비가 완벽하다고는 생각했던 것은 이성적인 생각이었습니다. 감정은 벌써 긴장하고 있었습니다.

그러니 우리가 하는 공부는 반드시 2개월 전에는 끝내야 합니다. 2개월 전에 끝낸 내용을 남아 있는 2개월 동안 계속 복습해서 시험장에 가야 합니다. 2개월 동안 새로운 내용을 공부한다면 효과도 없을뿐더러 효과를 내기에는 힘든 일입니다.

　새로운 내용을 받아들이기에는 남아 있는 시간이 얼마 안 되기 때문에 우리 감정은 조바심이 날 수 있습니다. 이러한 조바심은 시험장에서 컨디션을 조절하는 데 어려움을 가져옵니다. 시험장에서 좋은 컨디션을 유지하기 위해서라도 2개월 전에는 공부를 끝내고 끝낸 공부를 2개월 동안 계속 반복해야 합니다.

　시험장에서 컨디션 조절에 중요한 것은 시험장에서 앉는 자리입니다. 교실의 어느 위치에 앉아서 시험을 보느냐는 아주 중요한 것입니다.

　제가 앉은 자리는 첫 번째 자리였습니다. 제 바로 옆이 출입문이었습니다. 그러니까 제 책상은 출입문 바로 옆에 있는 첫 번째 책상이었습니다. 시험을 시작하기 전까지만 해도 출입문 옆에 앉은 것이 저에게 어떤 영향을 미칠지 전혀 예상하지 못했습니다.

　감독관이 들어오고 휴대전화를 낼 때 보니까 시험장 교단이 나무 교단이었습니다. 나무 교단이다 보니까 휴대전화를 보관 주머니에 내려 오는 사람들이 걸음을 옮길 때마다 삐거덕 소리가 났습니다. 순간 느낌이 좋지는 않았지만 그렇다고 크게 생각하지는 않았습니다.

　드디어 문제지를 받아서 시험을 보기 시작했습니다. 열심히 문제를 풀고 있는데 감독관이 시험이 끝난 사람들은 퇴실해도 된다고 하셨습니다. 이때부터 제 수난이 시작됐습니다.

퇴실하는 사람들이 휴대전화를 찾으러 올 때 나무 교단의 삐걱거리는 소리, 출입문이 '드르륵' 열리는 소리, 다시 '드르륵' 하면서 닫히는 소리. 한 사람이 퇴실하면 일 분도 지나지 않아 다른 사람이 퇴실, 또 퇴실, 또 퇴실. 계속 퇴실이 이어지고 그때마다 저는 흔들리지 않기 위해 안간힘을 썼습니다.

저는 아직 풀어야 할 문제가 많이 남았는데 벌써 퇴실하는 사람이 있다는 것부터가 조바심이 일어나는데 사람들의 계속되는 퇴실은 너무 힘들었습니다.

문제는 제가 바로 옆에서 문이 열리고 닫히는 순간을 모두 같이 한다는 것이었습니다. 도저히 집중할 수가 없었습니다. 이미 제 상태는 최악이 되어버렸습니다. 그중에는 퇴실하면서 제 문제지를 들여다보면서 퇴실하는 사람도 있었습니다. 그러니 집중해서 문제를 푼다는 것 자체가 어려운 일이었습니다.

이렇듯 어려운 상황에서도 합격은 했지만 컨디션 조절은 보통 일이 아니었습니다. 만약 시험장에서 출입문 바로 옆자리에 앉게 된다면 반드시 감독관에게 말해서 자리를 옮기기를 권해드립니다. 출입문 바로 옆자리는 시험을 볼 수 있는 자리가 아닙니다. 감독관에게 말하면 옮기게 해 줍니다. 반드시 옮겨서 시험을 볼 수 있도록 하셔야 합니다.

가만히 생각해보면 적게는 1년, 많게는 2년, 3년을 준비하는 시험입니다. 시험 보는 단 하루를 위해서 나를 이겨내야 했던 시간이 얼마나 많았습니까. 얼마나 많은 것을 참아야 했고 얼마나 많은 것을 포기했습니까. 없는 시간을 쪼개고 쪼개면서 오늘 하루를 준비했습니다. 그러니 시험장에서 자리가 안 좋아서 시험을 망칠 수는 없습니다. 시험장에서 자리 때문에 지금까지의 노력을 물거품으로 만들 수는 없습니다. 시험장에서 컨디션 조절을 위해서라도 반드시 출입문 옆자리는 다른 곳으로 옮겨야 합니다.

쉬는 시간에는 정리된 노트나 기본서로 다음 시험과목을 준비해야 합니다. 끝난 시험을 가지고 불안해하거나 옆 사람들과 답을 대조해 보고 있으면 안 됩니다. 이미 제출해버린 답안지를 이제 바꿀 수도 없습니다. 쉬는 시간에 중요한 것은, 다음 시험을 준비하는 것입니다.

만약 옆 사람과 정답을 대조한다면 옆 사람이 체크한 것이 정답인지 내가 체크한 것이 정답인지 아무도 모릅니다. 그런데 내가 체크한 답하고 옆 사람이 체크한 답이 서로 다르다면 그때부터 불안해집니다. 그러나 이러한 행동은 아무 의미가 없습니다.

그러니 반드시 쉬는 시간에는 다음 시험을 준비하는 것이 맞습니다. 그리고 마킹 한 정답을 정확하게 문제지에 체크하는 것도 중요합니다. 모르는 문제의 답을 찍었다면 찍었던 정답도 정확하게 체크하는 것이 중요합니다. 그래야 시험이 끝나고 집에 와서 정답을 대조해 볼 수 있기 때문입니다.

만약 모르는 문제 중에서 찍었던 답을 문제지에 제대로 체크하지 않았다면 합격자 발표할 때까지 불안합니다. 특히 주택관리사는 1차 시험을 보고 나서 1차에 합격 한 사람만 2차 시험을 볼 수 있습니다. 그러니 1차 시험을 보고 나면 바로 2차 시험을 준비해야 합니다.

이때 정답을 정확하게 체크하지 않았다면 2차 시험을 준비해야 하는지 안 해야 하는지 답답하기만 합니다. 만약 2차 시험을 준비하더라도 1차가 합격 된 건지 안 된 건지 모르기 때문에 제대로 준비하기 어렵습니다. 여러 가지 이유로도 문제지에 정답을 반드시 정확하게 체크 해야 합니다.

기억하십시오. 쉬는 시간은 이미 시험 본 것을 옆 사람과 정답 대조하는 시간이 아니라 다음 시험을 준비하는 시간입니다. 차분히 앉아서 다음 시험 과목의 정리 노트를 펴고 그동안에 안 외워진 것이 있다면 빠르게 한 번 훑고 지나가면서 중얼중얼 외우십시오. 어려운 공식은 중얼중얼 외우고 있다가 시험지를 받자마자 빈 여백에 빠르게 적어놓는 것도 방법입니다. 쉬는 시간에 중얼중얼하고 있었던 것이라 시험지를 받아서 빠르게 적을 때는 모두 생각이 납니다. 이미 강사가 시험문제라고 찍어준 공식인데 아무리 외워도 안 외워지는 것을 시험지 여백에 적어두는 것은 굉장한 효과가 있습니다.

시험문제를 만나서 공식을 생각하려고 하면 얼른 생각이 안 납니다. 평상시에 알고 있던 것도 누군가가 불쑥 물어보면 생각이 안 나는 것과 비슷합니다. 그때 여백에 적어두었던 공식을 봐 가면서 풀면 됩니다.

이렇듯 쉬는 시간은 중요합니다. 시험 바로 직전 시간은 황금시간입니다. 황금시간에 시험지 답안을 대조해서는 안 된다는 것을 기억하십시오. 만약 앞 시간 시험을 망친 것 같아도 신경 쓰지 마시고 다음 시험을 준비해야 합니다.

시험장에서는 잘 푼 문제보다는 잘 못 푼 것 같은 문제에 더 관심이 쏠리게 돼 있습니다. 그러니 아무래도 떨어진 것 같다는 생각이 들어도 전혀 신경 쓰지 마시고 쉬는 시간을 황금처럼 써야 합니다.

03 _ 시험장에서 생긴 일

　시험장에 도착했을 때 준비물을 깜빡해서 못 챙겨 올 수도 있습니다. 예를 들어 수험표를 가져오지 않았다면 수험표를 가져오기 위해서 다시 집으로 가면 안 됩니다. 이때는 감독관 실에 가서 다시 수험표를 재발급하면 됩니다. 수험표를 가져오기 위해서 집으로 가면 마음이 급해져서 당황하게 되고, 입실 시간보다 늦게 도착할 수 있기 때문에 집으로 가는 것이 아니라 감독관 실로 가면 됩니다.

　만약 계산기를 가져오지 않았을 수 있습니다. 제가 주택관리사 1차 시험을 보던 교실에서도 계산기를 가져오지 않은 분이 계셨습니다. 이때는 시험 시작 전에 손을 들어서 감독관에게 이야기하면 됩니다. 감독관은 수험생을 최대한 도와주려고 하기 때문에 적절하게 조치해 줍니다.

　제가 시험 봤던 교실에서는 회계를 먼저 푼 수험생이 계산기를 감독관에게 제출했고 감독관은 계산기를 모두 검사한 후에 교실 안에 수험생들에게 동의를 얻어서 계산기를 가져오지 않은 수험생에게 줬습니다. 그러니 준비물을 챙겨 오지 않았다고 당황하지 않아도 됩니다. 그리고 만약 준비물을 덜 챙겨졌더라도 가지러 다시 집으로 가면 안 된다는 것을 기억하십시오.

　그러나 제일 좋은 것은 시험 전날 모든 준비물을 챙겨서 필통 속에 넣어두는 것이 가장 좋습니다. 괜히 잘 챙겨야겠다는 생각으로 깊숙이 넣어두었다가 생각이 안 날 수도 있습니다. 그러니 필통에 챙겨 넣어두는 것이 가장 안전하고 좋습니다. 시험 당일에는 생수도 챙겨야 합니다. 중간중간 생수를 마시면 정신이 맑아지면서 집중이 잘 되기 때문입니다. 시험장에서 생수가 주는 이점이 아주 큽니다. 목이 말라서 시험문제에 집중하지 못하는 일이 없어야 합니다.

다음은 제 지인의 이야기입니다. 이분은 난시가 워낙 심해서 공부하는 동안에도 무척 힘들어했습니다. 이렇게 힘든 여건임에도 불구하고 열심히 준비해서 시험장에 갔습니다. 그런데 전날부터 긴장하고 잠을 제대로 이룰 수가 없어서 눈이 충혈되면서 핏발이 서렸습니다. 시험장에 도착하고 보니까 심한 난시가 더 심하게 느껴지면서 글이 잘 보이지 않았습니다.

힘들게 문제를 모두 풀고 이제 마킹을 해야 하는데 마킹 칸이 보이지 않았습니다. 마킹 칸이 보이지 않으니까 손까지 덜덜 떨렸습니다. 실수가 이어지고 실수할 때마다 손을 들고 감독관에게 도움을 요청했습니다. 그것도 한두 번이지 실수가 계속될수록 감독관에게도 미안하고 옆 수험생들에게도 미안해서 안 되겠다는 생각이 들었습니다. 그래서 감독관에게 사정을 이야기하고 시험지에 있는 답 몇 개를 마킹을 해 줄 것을 부탁했습니다.

실수를 계속하는 지인의 모습에 안쓰러운 마음이 들었던 감독관은 지인의 시험지를 보고 답 몇 개를 마킹을 해 주었습니다. 그러나 이것이 문제가 되고 말았습니다. 옆에 있던 수험생이 감독관 실에 고발을 했고 감독관은 징계를 당했고, 지인의 시험은 무효가 되고 말았습니다.

지인은 지금까지의 노력이 너무 아깝고 억울해서 한동안 많이 힘들어했습니다. 시험장에서는 실수할 수 있습니다. 그리고 실수할 때마다 감독관에게 손을 들어서 도움을 요청할 수 있습니다. 그러나 답을 마킹하는 것은 부탁해서는 안 됩니다.

어떤 지인은 문제를 풀다 보니까 시간이 많이 남아서 기분이 좋았다고 합니다. 이분은 이번 시험은 시간이 넉넉하게 남는 것 보니까 합격하는 데 아무 문제 없다고 생각했습니다. 그리고 느긋하게 문제를 풀고 마킹을 하려고 보니까 시험지가 두 장이 붙어서 넘어갔던 것입니다. 그런 줄도 모르고 시간이 남는다고 여유를 부렸던 것입니다. 지인은 결국 풀지도 못한 문제는 하나의 답으로 쭉 내려 적었다고 했습니다.

시험장에서는 떨리고 불안한 마음으로 당황하기 때문에 시험지가 두 장이 겹쳐서 넘어가도 모를 수 있습니다. 시험지를 넘길 때도 혹시 두 장이 겹쳐서 넘어가지는 않는지 확인하면서 넘기셔야 합니다.

앞에서도 말했듯이 시험장에는 시험 시작 2시간 전에는 도착해야 합니다. 또 다른 지인의 이야기입니다. 이분은 시험 시간에 맞게 시험장에 도착해서 자리에 앉아보니까 일체형 책상이었습니다. 그런데 의자와 책상 거리가 너무 멀어서 손을 쭉 뻗어야지 시험지를 볼 수 있을 정도였습니다. 그 책상은 학교에서 몸집이 큰 학생들을 위해서 준비한 몇 개 안 되는 책상이었습니다.

지인은 안 되겠다 싶어서 감독관에게 말하고 다른 교실에 가서 책상을 바꿔서 왔습니다. 순간 속으로 '다른 사람들은 내가 커닝하려고 책상에 뭔가를 잔뜩 써놔서 감독관에게 적발이 됐다고 생각할 거야.' 라는 생각이 들었습니다. 이런 생각이 들면서부터 그렇지 않아도 긴장되던 마음이 더 긴장되고 당황이 되면서 정신이 하나도 없었습니다. 그러니 그날 시험을 잘 볼 리가 없었습니다.

이런 이유에서라도 시험장에는 시험 시작 2시간 전에는 꼭 도착해서 책상도 확인해보고 책상이 삐거덕거리지는 않는지, 바닥 수평이 맞지 않아서 기우뚱거리지는 않는지를 확인해야 합니다. 이럴 때도 감독관에게 말해서 다른 자리로 옮겨서 시험을 보면 됩니다.

시험장에는 많은 사람이 한 공간에 앉아서 시험을 보기 때문에 여러 가지 상황을 만날 수 있습니다. 다리를 덜덜 떠는 사람, 기침을 계속하는 사람, 한숨을 계속 쉬는 사람이 생각보다 많습니다. 그리고 계산기를 시끄럽게 두드리는 사람, 볼펜을 똑딱거리는 사람, 끙끙 앓는 소리를 내는 사람도 있습니다. 나는 아직 한 면을 풀지도 않았는데 벌써 시험지를 넘기는 사람, 중얼중얼 시험문제를 읽는 사람 등 예상하지 못한 상황이 많습니다.

이런 상황을 만나면 지금까지 공부하고 준비했던 것이 물거품이 될 수 있습니다. 만약 이런 상황을 만나면 감독관에게 손을 들어서 그 사람에게 주의 주도록 말해야 합니다. 그러면 감독관은 주의 주거나 조치해 줍니다. 앞사람이 다리를 덜덜 떤다면 감독관에게 손을 들어서 주의 주도록 하고 나는 최대한 시험에 집중해야 합니다.

PART

05

떨오기공부법
후기와 Q & A

공인중개사·주택관리사
동시
합격
떨 오 기 공 부

66

선생님의 섬세한 코칭으로
가슴이 뻥 뚫렸어요.

99

PART _ 05

떨오기공부법 후기와 Q & A

01 _ 후기

〈닉네임 : 성***님〉

선생님, 떨오기공부법 가르쳐 주셔서 감사합니다. 제가 공시생 생활만 7년 넘게 했어요. 복습을 1도 안 하고 강의만 들었어요. 이제야왜 떨어졌는지 알겠네요. 제가 1년 동안 공부를 쉬면서 아예 쳐다도안 봤는데 다시 시작하고 싶어졌어요. 선생님 덕분이에요. 이번에는잘할 수 있을 거 같아요!! 공부가 재미있어지겠죠!! 떨오기공부법,최고예요!!

〈닉네임 : C**님〉

선생님, 막막했던 시험 준비가 이제 확립되어 갑니다~

〈닉네임 : 김**님〉

안녕하세요~~ 섬세한 코칭으로 가슴이 뻥 뚫렸어요. "나도 할 수 있다."라는 희망을 갖게 되었습니다. 감사합니다^^

〈닉네임 : 사***님〉

안녕하세요. 저는 떨오기공부법 보고 가슴이 뛰었습니다~^^

〈닉네임 : 이**님〉

선생님, 차근차근 설명하시는 모습을 보고 참 마음이 따뜻한 분이라고 느꼈습니다. 감사합니다~ 공부하고 있는 데 큰 도움이 됩니다.

〈닉네임 : 최**님〉

자신감 얻었습니다. 직장인이라 시간 분배가 힘들더라고요. 포기할까 하다가 떨오기공부법으로 다시 재도전합니다^^ 자신감을 주셔서 감사드립니다~~

〈닉네임 : 박**님〉

선생님, 떨오기공부법 보고 다시 도전합니다. 저의 공부 방법이 남는 게 없었네요~~

<닉네임 : s**님>

떨오기공부법 정말 잘 읽었습니다. 저는 하루에도 10시간도 공부를
해보았지만, 공부 방법을 하나도 몰라서 답답했던 사람입니다. 덕분
에 방법을 찾았어요~~감사합니다.

02 _ Q & A

〈닉네임 : 황**님〉

Q) 기본강의만 듣고 그 이후로는 기본서 정독하고 모르는 부분만 강의 찾아서 듣고~ 이렇게 하면 될까요?

A) 반갑습니다~ 떨오기공부법에서 가장 중요한 강의는 기본강의입니다. 기본강의만 듣고 그 이후로는 정리된 기본서 정독이 핵심입니다. 모르는 부분을 찾아서 강의를 듣기보다는 기본강의에서 진도를 나가지 않았던 부분을 찾아서 다음 강의에서 들어야 합니다. 강의는 들었는데 이해가 안 되고 모르는 부분은 이미 들어서 정리된 기본서의 회독 수를 늘리면서 반복하면 됩니다. 굳이 그 부분을 다시 들을 필요는 없습니다.

〈닉네임 : 임**님〉

Q) 답답한 마음에 글을 남깁니다. 시험 준비 중인데 남는 게 없어서 답답했는데 공부 방법이 좋은 것 같아서 문의드립니다. 강의 듣고 복습은 했지만, 반복 복습은 안 했네요. 그래서인지 아무것도 모르겠어요. 한 과목 회독 끝나고 다른 과목을 공부하는 건가요? 감사합니다.

A) 반갑습니다~ 떨오기공부법은 한 과목 끝내고 다른 과목을 공부하는 것이 아니라 동시에 같이 공부를 시작하는 겁니다. 아울러 반복 회독 수를 늘리면서 이해의 폭을 넓히는 공부법입니다.

〈닉네임 : 최**님〉

Q) 공인중개사 동차 준비하려고 한다면 1, 2차 과목 일독을 몇 개월로 계획을 잡아야 할까요? 감사합니다^^

A) 반갑습니다~ 공인중개사 1차와 2차 시험과목이 6과목입니다. 6과목을 3개월 계획하셔서 일 회독을 하시면 됩니다. 3개월이면 크게 부담스럽지 않게 일 회독을 하실 수 있습니다. 일 회독 후에는 집중적으로 빠르게 반복이 이루어져야 합니다.
떨오기공부법을 잘 숙지하셔서 실천하신다면 어렵지 않습니다.

〈닉네임 : 사***님〉

Q) 안녕하세요. 한 번 강의를 들을 때 몇 강 정도 들어야 합니까?

A) 반갑습니다~ 공부를 시작하고 처음에는 복습 양이 적기 때문에 하루에 강의를 되도록 많이 들어야 합니다. 그러나 뒤로 갈수록 복습 양이 많다 보면 하루에 많은 강의 진도를 나가는 것이 부담스러

워집니다. 이때는 하루에 나가는 강의 수보다는 복습에 더 집중해야 합니다. 즉 공부를 시작하는 단계에서는 하루에 많은 강의를 들어야 하고 뒤로 갈수록 강의 수보다는 복습에 더 집중해야 합니다. (내용이 이해가 안됩니다. 수정을 할 수가 없으니 다시 봐주세요.)

〈닉네임 : 주**님〉

Q) 안녕하세요~ 혹시 인강만 계속 들으면서 요점 정리하고, 문제지 풀고 있는데 잘하고 있는 건가요, 선생님? 늘 불안하고 초조하네요 ~ 열심히는 하고 싶은데 너무 힘들어요. ㅠㅠ

A) 반갑습니다~ 인강은 들을 때는 알 것 같지만 인강이 끝나고 다음 날이 되면 기억이 안 나는 단점을 가지고 있습니다. 인강은 기본 과정이면 충분합니다. 이후에는 그 내용을 얼마나 내 것으로 만드느냐가 중요합니다. 정리된 기본서를 반복해서 떨오기공부법으로 준비하시면 공부가 내 것이 됩니다.

〈닉네임 : E**님〉

Q) 직장인이고요. 지금 중급과정 듣고 있는데 백지상태입니다. 뭐가 뭔지... 7개월 남은 지금 올해 꼭 동차로 합격하고 싶은데.. 좀 욕심일까요? 여러 공부 방법을 찾아보았지만, 선생님 방법이 제일 확

실한 것 같습니다. 계획을 어떻게 세워야 할까요?

A) 하루에 5시간 정도만 공부를 준비하실 수 있다면 올해 동차 충분히 가능합니다. 욕심 아닙니다. 떨오기공부법으로 공부하시면 분명 도움이 되실 겁니다~ 먼저 처음부터 차근차근 계획을 세워서 공부하는데, 일 회독을 떨오기로 언제까지 할 수 있는지 계획을 세우고 이후에 반복하시면 됩니다.

〈닉네임 : 김**님〉

Q) 선생님~~ 시험 준비하실 때 하루에 몇 시간 정도 공부하셨는지 알 수 있을까요? 일하면서 준비하려니 시간이 녹록지 않네요.

A) 반갑습니다~ 떨오기공부법은 시간이 부족한 분에게 최고의 공부법입니다. 최소의 시간으로 최대의 효과를 끌어낼 수 있는 공부법입니다. 저는 공인중개사와 주택관리사를 동시에 준비하다 보니 하루에 7시간 정도 공부를 했습니다. 그러나 준비하는 시험이 하나라면 굳이 7시간 정도까지는 준비하지 않으셔도 됩니다. 다만 준비하시려고 하는 시험이 오늘부터 얼마나 남았는지 기간을 계산해보시고 남아 있는 기간을 잘 배분하시면 됩니다~

66

'또나선생님' 의
'떨오기공부법' 은 정말
대단한 힘을 가진 것이
틀림없다!

99